女子大小路の名探偵

# 女子大小路の名探偵

Detective of Joshidaikoji

秦 建日子

河出書房新社

CONTENTS

Detective
of
Joshidaikoji

# 女子大小路の名探偵

# prologue

運命の日。

そう書き記すと少し大袈裟に感じる人もいるかもしれない。

でも冷静に振り返ってみてほしい。

「思い返せば、あの日が運命の分かれ道だったんだなあ……」

そう思い当たる一日がきっとあなたにもあるはずだ。


あともう少しでゴールデン・ウィークが始まるという、とある春の平日。

その日が、広中大夏《ひろなかだいき》にとって〝運命の日〟だった。

時刻は十七時四十分。場所は地下鉄東山線《ひがしやま》の栄駅《さかえ》から地上に出てすぐの久屋大通公園《ひさやおおどおり》。西へ落ちる太陽がゆっくりと黄金色《こがねいろ》に輝き始めていた。それを大夏は公園の真ん中にある『希望の泉』という噴水脇のコンクリに腰を下ろして眺めていた。地元のランドマークであるテレビ塔。その鉄骨が西日を受けて美しいオブジェのようなシルエットを見せていた。

大夏は持参した高島屋の紙袋を自分の脇に置いていた。

スマートホンをチラリと見る。待ち合わせの時刻までにはまだ間があった。緊張していたからだろう。ルーズな性格の大夏にしては珍しく、待ち合わせ時刻より二十分も早く約束の場所に着いていた。そこで彼は、この一ヶ月の間に見た〝三つの死体〟のことを考えた。

ひとつめ。

それは生まれて初めて、自分が第一発見者となった殺人事件の死体だ。

小さな女の子だった。

首を絞められて死んでいた。

薄っすらと化粧をしていたので最初は少し大人びて見えたけれど、その子はまだ小学校五年生だった。

ふたつめ。

それも小さな女の子だった。小学校の四年生。歌とダンスが抜群に上手で、クラスの人気者だったという。

彼女も首を絞められて死んでいた。

いろいろな不運が重なったせいで、大夏はその死体遺棄現場の写真を、警察署の取調室で、強面《こわもて》の刑事たちに大声を出されながら、自分の顔の前わずか十五センチの距離に突きつけられることとなった。警察から釈放されたあと、大夏はTikTokというネットの動画サービスでその子のダンスを改めて見た。素人の大夏から見ても、彼女にはダンスの才能があった。躍動感。迸《ほとばし》るパッション。笑顔。生きていれば、誰もが知るスターになったかもしれない。

(やり切れない……)

そして三つめ。

いや、正確には三つめは大夏は直接見ていない。が、見ていないにもかかわらず、それは毎夜とてもリアルに大夏の夢に登場した。それは木の枝からぶら下がっていたり、土の中に埋められていたり、重りを付けられて名古屋港の海に沈んでいたりしたけれど、どれもとてもリアルな死体だった。そしてその〝死〟の責任が実は大夏自身にもあるのだ。まさかこんなことになってしまうなんて。

(やり切れない……)

あれ以来、大夏の心は鈍く痛んだままだ。乗り越えたい。もちろんそう思っている。ずっと思っている。だが、大夏にはその乗り越え方が未だ思いつかずにいた。なぜなら、刻《とき》は巻き戻せないから。死んでしまった人はもう何があっても生き返ることはないのだから。そして、その死によって傷ついた誰かの心も、もう完全に元通りになることはないのだから。

と、公園の入口に待ち人が現れた。待ち人もまた、約束の時間よりかなり早く来たのだった。大夏の心臓の鼓動が速くなった。

待ち人は真っ直ぐ大夏のところに歩いてきた。そして、警戒心も見せずに、大夏の横にストンと座った。歩いているときも、座るときも、座ったあとも、待ち人は大夏の顔を見なかった。

「もうすぐ、選挙だね」

それが大夏の第一声だった。

姉の広中美桜《みお》から授かった台本には違う言葉が書いてあった。が、待ち人の顔を久しぶりに見ただけで大夏は動揺してしまい、それとはまったく違う間抜けな台詞《せりふ》を口にした。

「そうだね」

待ち人は抑揚のない声で返事をした。

「浮田《うきた》一臣《かずおみ》は当選するかな」

「知らない。テレビもネットも見てないから」

(ダメだ。こんな会話をする意味はない)

なので大夏は、姉の台本にあった前振り部分を飛ばして本題に入ることにした。

「これが、プレゼントです」

そう言って、大夏は紙袋を待ち人の膝の上に載せた。

待ち人が紙袋を開く。そして中を覗き込む。

その紙袋の中身は大夏自身も知らなかった。


「これ、何?」

遡《さかのぼ》ること四十八時間。大夏は突如、姉の美桜に岐阜まで呼び出された。それも実家のあるタマミヤ商店街でも岐阜駅の中のカフェとかでもなく、なぜか長良川《ながらがわ》の畔《ほとり》に立つ十八楼《じゅうはちろう》という老舗旅館のラウンジだった。大夏が行くと、すでに美桜は到着していて、大夏が密《ひそ》かに〝戦闘服〟と呼ぶ淡い桜色の着物姿で、長良川を眺めながら優雅に珈琲を飲んでいた。そして彼女の傍《そば》に、その髙島屋の紙袋はあった。

「知らないほうが強気に出られて良いと思うの」

彼女は大夏の質問に対してただ一言言った。

「だから、あんたは絶対にその中を見たらダメだからね」

大夏はこの口うるさい姉のことが嫌いだった。が、ここぞというときは常に姉の言うことが正しいこと、それを無視すると百パーセントの確率で痛い目に遭うことを知っていた。なので今回は、愚直《ぐちょく》に姉の指示に従おうと決めていた。


待ち人はしばらく紙袋の中を見ていたが、やがてクツクツと小さく笑い始めた。

「ごめん。君のこと見くびってた」

初めて、待ち人は大夏の顔を見た。

「見くびってた？」

大夏がオウム返しに訊き返す。

「うん。私は、広中大夏君を見くびってた。そのことは心から謝るよ」

大夏自身は会話の意味がよくわからなかった。が、『プレゼントを褒められたらちゃんと「ありがとう」と言うのよ。それも笑顔で！』と美桜から事前に指示されていたので精一杯の笑顔で返事をした。

「そう。まあ、見直してもらえたんならそれは良かった。ありがとう」

待ち人は小さく肩を竦《すく》めた。

「ありがとう、は違うと思うな」

「え？」

「ありがとうはおかしいよ。だって、私が君を見直すってことは、イコール、これから君を酷い目に遭わせるってことでもあるんだよ？」

そう言って待ち人は、少しだけ悲しそうな表情を浮かべた。

「本当はそうならないでほしいと思っていたのに。どうして君はここまで頑張ってしまったんだろう」

(その紙袋の中に、美桜はいったい何を入れたんだ？)

いつもの美桜なら、大事な人へのプレゼントは、『アンチエイジングのための水素グッズ』と相場が決まっていた。彼女は重度の健康オタクで、アンチエイジング・マニアで、しかもこのときは、水素研究を専門にしている科学者先生に恋までしていたからだ。が、今日の紙袋はそれとは違うだろう。そして同時に大夏は頭をフル回転させて考えた。

(酷い目って何だ？　なぜ、俺を酷い目に遭わせる必要があるんだろう？)

だが、どちらの問いにも答えは出せなかった。答えを出す前に次の展開が待っていたからだ。

カサッ。

大夏と待ち人の座った場所のすぐ後ろで、誰かが足音を立てた。

振り返る。

驚く。

いつの間にか、大夏が知っている男が立っていたのである。

「ど、どうして君がここ……」

きちんと言葉を発する間は貰えなかった。男は大夏の首に向けて右手を伸ばしてきた。その手の中には注射器があった。大夏がそれに気がついたのと、首筋にプスリと痛みを感じたのがほぼ同時だった。ワッと悲鳴を上げながら大夏は立ち上がる。が、実際は悲鳴は上げたつもりだけで声は出なかった。足がもつれ、転倒し、頭を打った。そのとき、脳震盪《のうしんとう》を起こしたのかもしれない。世界がグニャリと歪み、大夏のそれまでの人生が走馬灯のように脳内を流れ始めた。そして彼は認識した。

今日が〝運命の日〟だった。

正確には〝運命の日パート2〟だった。

では、〝運命の日パート1〟はいつだったのかって？

それはもちろん、ちょうど一ヶ月前の夜だろう。

カノジョと待ち合わせをしたはずなのに、なぜか別の女性が現れた。その女性のせいで大夏は逮捕され、それなのに大夏はその子に恋をした。その子と少しでも長く一緒にいたいと思ったせいで死体の第一発見者になり、ただの発見者なのに殺人の容疑者同然の扱いを受け、刑事たちから暴言を浴びせられ、反社会的勢力と呼ばれる人間からも脅迫され、姉からは『家族の恥』『あんたなんか死ねばいいのに』とまで言われ、そして最後には本当に自分自身が殺されることになった！

（ああ、なんという間抜け！）
（大きく三つの意味で、俺は間抜けだった！）
大夏は薄れゆく意識の中で、そう自分のことを罵《ののし》った。
（何がどう間抜けだったのか、せめて最期に誰かにそれを克明に語れたら）
そう、大夏は思った。
しかし、大夏に残された時間は明らかになかった。
（命が尽きるまでに、俺は、すべてを語れるだろうか……）

01
scene
Detective
of
Joshidaikoji

# 1

遡ること、二年ほど前。

時刻は二十時を少し回ったくらいだった。

ＪＲ岐阜駅の一番ホームから名古屋行きの電車に乗った大夏は、窓ガラスに映る自分の顔を情けない気分で見ていた。

左頬に三センチほどの擦り傷。ほんの三十分ほど前に、姉の美桜が繰り出した右ストレートを躱《かわ》しきれずに付いた傷だ。

「何逃げてんだ、テメエ！」

パンチがクリーン・ヒットしなかったことに美桜は苛立《いらだ》ちの声を上げた。

「避《よ》けるな！　ちゃんと顔の真ん中で受け止めろ！」

「無茶苦茶言うなよ！　そんなパンチ、顔の真ん中で受けたら鼻が折れるよ！」

「それで良いんだよ」

「はあ？　何が良いんだよ！」

「おまえみたいなクソ男はな、一度きちんと痛い目に遭わないとダメなんだよ。だから私が、姉の責任としておまえを今ここで半殺しにする」

「ふざけんな！」

「グタグタ言ってっと、素手じゃなくて木刀持ち出すぞコラッ！」

美桜はハッタリを言わない性格だった。

（このままここにいたら殺される）

そう判断した大夏はスマホだけを握り締め、命からがら実家から逃げ出してきたのだった。


『おまえみたいなクソ男はな、一度きちんと痛い目に遭わないとダメなんだよ』

死の間際、あのときの美桜の言葉は実に正しかったと大夏は思う。

辛そうなことからは逃げ、面倒臭そうなことからも逃げ、人の忠告は聞かず、それでいてなぜかいつも『人生はそのうち何とかなる』と思っていた。

あのとき素直に美桜に殴られていたら、その後の自分の人生はどうなっていただろうか。こんな間抜けな死に方はせずに済んだだろうか。

だが、もしもう一度人生をやり直せたとしても、あの日、あのとき、やはり大夏は美桜のパンチから逃げ、実家を飛び出して名古屋に行っただろう。覚悟して喰らうには、あまりにも美桜のパンチは強烈だからだ。

あのときも、頬の傷はジンジンと熱く、そっと触るだけでかなり痛んだのを憶えている。

☆

いや、違う。

事の発端は大夏が働いていた居酒屋の店長が変わったことだった。

本当の事の発端は、大夏と美桜の母・琴子《ことこ》の言動がちょっとおかしくなってきたことだった。辻褄《つじつま》の合わないことを頻繁に言うようになり、病院に連れていったら〝認知症〟と診断された。

「なるべく、お母さんがひとりきりにならないようご家族で注意してくださいね」

医者は軽い口調でそう言った。

広中家に父はいない。二十年も前にフィリピン・パブの女の子に入れあげ、家族を捨てて単身フィリピンに行き、そのまま音信不通になった。今、生きているのかどうかもわからない。

大夏はタマミヤ商店街の居酒屋で週に六日バイトをしていて、その間、ずっと琴子はひとりになる。それで、名古屋の錦《にしき》で働いている姉の美桜に連絡をした。

「こっちに帰ってきてほしいんだよね。母さんのために」

美桜は事情を聞くと、その日のうちに錦のクラブを辞めて岐阜に帰ってきた。

その翌日に、大夏が働いていた居酒屋の店長が変わった。

元の店長の三宅《みやけ》は大夏の中学のときの同級生だった。

『店の立ち上げ、手伝ってくれないかな』

そう言われて、大夏は嬉しかった。誰かから頼られる経験をそれまであまりしてこなかったからだ。大夏なりに頑張って働いた。店は流行り、二号店三号店と立て続けに出店をした。

「俺、本社勤務になるんだ。新しい店長に中林《なかばやし》が来るから、これからは彼と一緒によろしく」

いきなりそう同級生から言われた。

「え？　本社？」

「うん。俺、正社員だから。店長やってたのは人事研修の一環なんだ」

「え？　そうなの？　俺は？」

「え？　大夏はバイトだから、人事異動とかは無いよ」

「そうなんだ」

「うん。そうなんだよ。じゃ、これからもこの店よろしく」

「あ、ちょっと待って」

「何？」

「中林って、あの中林？　中学のときの卓球部の後輩の」

「うん、そう。あの中林」

「そうなんだ。あの後輩の中林なんだ。あいつがここの店長になるの？　まだこの店で一日も働いてないのに？」

「うん。そうなんだけど、中林も正社員だから」

「へえ。そうなんだ」

「そうなんだよ。だから、大夏が先輩としていろいろ教えてやってよ」

「あ、うん。それはもちろんそうするよ。俺のほうが先輩だし。中学でも。この店でも」

そしてその日の午後、新店長の中林が店に来た。彼は大夏を見ると最初にこう言った。

「広中さん。自分のほうが年下ですけど、一応自分が店長で広中さんはバイトなんで、店ではぼくには敬語を使ってくださいね。他のバイトさんへの示し？　みたいなのもあるんで」

その日、大夏は無断で店を早退し、そのままバイトを辞めることになった。


仕事を失った大夏はとりあえず名古屋駅にやってきた。

さしあたり今夜をどうするか。

朝まで安く粘れる居酒屋でも探しつつ、今後について冷静に考えよう。そんなことを思って、大夏は栄に向かった。朝までやっている店が多く、しかも財布にも優しいとなると、それはもう錦三丁目より栄四丁目、通称『女子大小路《じょしだいこうじ》』だよな、などと思いつつ。

女子大小路とは、名古屋市の代表的な歓楽街の一つだ。『栄ウォーク街』が正式名称のようだがまったく定着せず、今も地元民はここを女子大小路と呼んでいる。ちなみに、ここに本当に女子大が有《あ》ったのは一九六三年まで。大夏が生まれるよりずっと前の話だ。

「ニイサン、寄ってかないか？」

女子大小路に足を踏み入れてすぐに、大夏は客引きの女性に声をかけられた。南国出身らしい褐色の肌に、ゴールドに染めた長い髪。それがメリッサとの出会いだった。そのすぐ横には、真っ赤なドレスを着た長身でスレンダーで目つきのキツい女。こちらはレイチェル。レイチェルはメリッサを肘でこづいた。

「ダメだヨ、メリッサ。コウイウ顔の男、カネナイヨ」

大夏は深いスリットから覗くメリッサの太腿を見つめていた。

「エ？　オマエ、カネないのカ？」

いきなり呼び方が「ニイサン」から〝オマエ〟になった。

「失礼だな。金ぐらい持ってるよ」

「ナイナイ、絶対モッテナイ」

レイチェルが決めつける。

大夏はジーンズのポケットを漁《あさ》った。普段から大夏は財布を持ち歩かない。金はいつも裸のままポケットに突っ込んでいる。取り出す。千円札が三枚と百円玉が一個。それが大夏の全財産だった。

「君たちの店って、三千円で朝まで飲める？」

一応、訊いてみた。

「飲メルワケ無い。バカなのか？」

あっという間に〝バカ〟まで格下げになった。

「カネ無いナラ働ケ。働いてカラ飲みにコイ」

そうメリッサにポンポンと肩を叩かれた。

「ムリムリ、働カナイ顔ヨ、コノ顔ハ。すぐヤメル、続かナイ」

そうレイチェルが顔を顰《しか》めながら言った。

「働くよ、俺は。前の職場だって一年以上続いたんだ」

「職場？」

「おう。飲食業」

「フーン。なら、この街ニモたくさん仕事アル。サッサと働いて飲みにキテ。ニイサン」

働くと言ったらまたすぐ〝ニイサン〟に格上げになった。

「トコロデ、ニイサン、その顔の怪我、ドウシタ？」


大夏の最終学歴は大学中退だ。クラスメートのレポートを丸写ししたのがバレて単位を落とし、留年が確実になった時点で退学した。

退学の直後に入った会社はＩＴ系のベンチャー企業だった。就職してスティーヴ・ジョブズのような大金持ちを目指したつもりだったが、月に二百時間くらい残業があり、しかも残業代が一切出ないというブラック企業だったので二ヶ月保《も》たずにやめた。その後、別の会社で事務系の契約社員となったが、あまりにケアレス・ミスが多すぎるとのことで三ヶ月でクビになった。次は引越し屋で働いた。四ヶ月で腰を痛めてリタイアした。それからしばらく、実家である純喫茶『甍《いらか》』の手伝いをしながらブラブラしていたが、その後、同級生に声をかけてもらってタマミヤ商店街の居酒屋で一年働いた。

(このことから、ふたつの重要な事実がわかる)

そう大夏は考える。

(だんだん、ひとつの仕事を頑張れる期間が伸びている。つまり、俺は成長している)

そしてもうひとつは、

(飲食業が最長だったワケだから、俺にはたぶん飲食業の才能がある)

そういう目で女子大小路を眺めてみると、アルバイト募集の貼り紙がまあまあたくさんあることがわかった。

時刻はまだ二十一時。なけなしの三千円を飲んでしまうより、さっさと仕事を見つけたほうが賢いだろう。職場ができれば、最悪、その職場の片隅でこっそり寝たってバレないかもしれない。そんなことを思っていると、とある細長いペンシル型ビルの壁に貼り紙があるのが目に入った。

『バーテンダー募集　当ビル四階　バー・タペンス』

店名の下に電話番号が書かれている。バーという言葉の響きがちょっと良いなと思った。居酒屋の店員からバーテンダー。なんだか出世したような感じがするではないか。

　思い切って電話をかけるとコール一回で相手が出た。

「はい、もしもし」

「すみません。バーテンダー募集っていう貼り紙を見たんですけど」

「そうですか。なぜ謝るんですか？」

「え？」

「今、最初に『すみません』って言ったでしょう？　私が書いた貼り紙を見て、私がオープンにしている電話番号にかけてきたのに、なぜ最初に謝るんですか？」

「あ、いや、すみません。別に謝ったわけじゃないんです」

「でも、今も言いましたよ？」

「え？」

「すみません」

「あー、すみません」

「ほら、今も」

「や、その。意味はないんです。口癖です」

「謝るのが口癖なんですか？　それはあまり素敵な口癖ではありませんね」

「そ、そうですね」

なんだ、この人は。変な人間に引っかかってしまった。大夏は電話を切ろうと思ったが、

「で、あなたは今、タペンスのビルの目の前にいるんですね？」

と訊いてきた。

「え？」

「貼り紙、そこにしか貼っていませんから」

「あ、はい。目の前にいます」

「では、四階のお店まで来てください。階段で。エレベーターはないので」

「あの、今すぐ、ですか？」

「何か不都合でも？」

「いや、特に不都合はないですけど」

「では、お待ちしています」

相手はそのまま電話を切った。大夏は改めて目の前のペンシル・ビルを観察した。黒ずんだ白いタイルの外壁。経年劣化でコンクリートにはいくつものヒビが走っている。一階は空き店舗。二階も空き店舗。三階も空き店舗。で、四階に『タペンス』。空き店舗ばかりのせいかビルの中は薄暗く、人気《ひとけ》のない階段は肝試しに使えそうなほど不気味な雰囲気だった。普通にバイトを探しているだけだったら、大夏はここはパスして他に行っただろう。だが、そのときの大夏は家出中であり、所持金も三千円しかなく、泊めてくれる友人もいなかった。選《よ》り好《ごの》みをしている精神的な余裕はなかった。

四階。

『営業中』という札のぶら下がった、塗装の剝げた黒いドアをそっと押す。と、店内には客は誰もおらず、ただカウンターの奥に男がひとり、立っていた。体に美しくフィットしたジャケット。きちんと糊《のり》の効いた真っ白のドレス・シャツを第一ボタンまで律儀《りちぎ》に留め、手入れの行き届いた顎髭《あごひげ》を左手でそっと触っていた。

「いらっしゃいませ」

そう低い声で言われて大夏は慌てた。

「や、違います。客じゃないです。今、下から電話をした者です。バーテン募集って貼り紙を見て」

「なるほど。あの電話は君ですか」

ほんの一分ほど前のことなのに、男は数日も前のことのように言った。

「はい。ええと、自分は広中大夏といいます。ええと、二十六歳です。飲食業で長く働いた経験があります。簡単なつまみは作れますし、酔っ払いの対応も自分で言うのもなんですが上手なほうだと思います」

実際の経験は一年だが、あえて〝長く〟とボカしてみた。大夏にとって一年は長期だが、そうは思わない大人も多いのは知っていたからだ。が、ジャケットに白シャツの顎髭男は大夏の自己紹介には何の関心も示さなかった。彼はゆっくりとカウンターの奥から出てくると、

「採用の条件は一つだけ。開店したら、最初に流す音楽は必ずジャクリーヌ・デュプレのチェロ協奏曲にすること」

と言った。

「は？」

「ジャクリーヌ・デュプレ。知らないのですか？」

「すみません。知りません」

答えてから（あ、また謝ってしまった）と気がついた。が、男はそのことについてはもう何も言わなかった。古そうなＬＰレコードを一枚、カウンター奥の棚から取り出して大夏の前に置いた。

「このレコードは丁寧に扱ってくださいね。では今夜から働けますか？」

「え？　今夜からですか？」

「何か不都合でも？」

「いや、特に不都合はないですけど」

「ではこれが店の鍵です。よろしくお願いします」

そう言って、男はそのまま店から出ていこうとした。先ほどの電話の切り方といい、かなりせっかちな性格のようだ。

「ちょ、ちょっと待ってください」

大夏は慌てて声をかけた。

「？　まだ何か？」

「はい。ぼくはあなたの名前も知らないですし、お給料のこととかも話してないですけど」

☆

彼の名前を知るのに、実はそれから半年かかった。

高崎順三郎《たかさきじゅんざぶろう》。何の仕事をしているのかよくわからない。何かの仕事で貸したお金が焦げ付いて、現金で払えないから違うもので払うと言われてタペンスを貰ったのだけれど、彼自身は客商売に興味がないので困っていたところだったという。その何かが何なのかは教えてもらえていない。焦げ付いた金額がいくらだったのかも。

給料は何時間働いても一日一万円と言われた。時給などは計算が面倒だから嫌なのだという。とにかく、一時間でも店を開ければ一万円。十九時に開店し、二十三時を過ぎて客がいなくなれば閉める。タペンスはエレベーターのないペンシル・ビルの四階というとても不便な場所にある。なので客はいつも少なく、時給換算にするととても良い条件だった。売り上げのノルマなどはない。店の経営方針もない。彼のこだわりはひとつだけ。

開店して最初に流すのは、常に、ジャクリーヌ・デュプレのチェロ協奏曲であること。

ちなみに一日に何度も流してはいけない。かけるのはその日の最初だけ。何度もかけるとありがたみが薄れるということだろうか。真意は今もってわからない。

「ああ、そうだ。これは、どうでも良いと言えばどうでも良いことですが……」

そんな高崎から、大夏は一度だけ忠告をされたことがある。

「店のお客様には手を出さないほうが良いでしょう」

「は？」

「男の人とは喧嘩をしない。女の人とは性行為をしない。そういうのは、どちらも大きなトラブルになりますからね」

「あ、そういうのは大丈夫です。自分は、仕事とプライベートはきちんと分けるタイプなので！」

大夏は胸を張ってそう答えたが、その宣言の後者は守られなかった。大夏はその後、米倉麻《よねくらま》実子《みこ》という女性と男女の関係になり、そのせいで最後には殺人犯から首筋に注射針を突き立てられることになるのだが、もちろんそのときはそんな酷い運命が待ち受けているとは知るよしもなかった。

家出をしたその日のうちに新しい仕事が見つかり、条件もまあまあ良く、しかも高崎の紹介で職場の近くのアパートの空き部屋を敷金礼金なしで借りることまでできた。

(俺って、やっぱり持ってる男だ。名古屋に出てきて良かった)

当時の大夏はそんなことを思っていた。

☆

麻実子とはごくごく平凡な出会いだった。

とある金曜の夜、時刻は二十三時頃だった。麻実子は三十代くらいの男とふたりでやってきた。テーブル席も空いていたが彼女たちはカウンターに座った。男はずっと『金融工学』というものについて嬉々として語っていた。大夏にはほぼ理解できない内容だった。そして、麻実子も大夏側の人間のようだった。

二度三度、大夏は麻実子と目が合った。麻実子は声は出さずに唇の動きだけで「つ・ま・ら・な・い」と言って微笑《ほほえ》んだ。大夏は、通常よりもちょっとキスチョコを多めに盛ったおつまみを出してあげた。

途中で一度だけ、連れの男がなぜかハッと我に返り、「こんな話、退屈じゃない？」と質問をした。麻実子は「え？」と大きな声を上げると、彼の腕を触りながら言った。

「全然退屈じゃないよ。知らない世界の話って、すっごくドキドキするし、勉強になるし、もっともっと聞きたい」

それで安心して、男はまた金融工学の話を続けた。その直後に麻実子はまた大夏を見た。大夏も麻実子を見ていた。彼女はちょっと肩を竦め、そしておどけた表情をしてみせた
なぜだろう。今思えば、全然良い思い出ではないのだが、そのときは大夏は彼女を（可愛い子だな）と思った。

単に顔が好みで、表情もチャーミングだったからだろう。が、好みの女の子に弱いのは若い男子ならみんなそうだ。

翌週のやはり金曜の夜。

麻実子はひとりでタペンスにやってきた。

「いらっしゃいませ」

大夏が挨拶をすると、彼女は前回と同じスツールに座り、

「私のこと、覚えてる？」

と言った。

「もちろんですよ。二週続けてのご来店ありがとうございます」

「先週も思ったけど、金曜なのに空き過ぎじゃない？」

先週は麻実子と男以外に客は一組。今週は他に客はいなかった。

「うちはいつもこんな感じですよ」

明るく大夏は返事をする。

「お姉さんが来てくれなかったら、そろそろ閉めちゃおうかと思ってました」

「麻実子」

「麻実子さん」

「そ。あと、さん付け要らない。おばさんみたいな気分になるから」

「麻実子ちゃん」

「ちゃん付けも要らない。ガキ扱いされてる気がしちゃう」

「マジですか。難しいな」

「呼び捨てで良くない？」

「え？　呼び捨てですか？」

「そ。試しにちょっと呼んでみて」

「え」

「早く」

「ま、麻実子」

「もう一回」

「麻実子」

「もう一回」

「麻実子」

「ありがとう。じゃ、ハイボール、濃いめで」


その日の夜、麻実子は大夏のアパートに泊まった。

翌朝、大夏が目覚めたとき、麻実子はちょうど自分の服を着終えてバッグを手にしていた。

「麻実子さん？」

「こら。さん付けは禁止にしたはずだよ」

おはようの挨拶の前にまずそんな会話があった。それから麻実子は急に、

「ねえ、私って魅力的だと思う？」

と訊いてきた。

「うん。とっても」

「良い女だと思う？」

「うん。とっても」

「私のこと、エリート狙いのイタイ女って思ってない？」

「え？　突然どうしたんですか？」

「何となく。そう思われてたら嫌だなって」

「そんなこと、思ってるわけないじゃないですか！」

「敬語禁止」

「思ってないよ。全然思ってない」

と、麻実子はバッグを持ったまま大夏のところに来て、彼に長めのキスをした。そして、

「ありがとう。元気出た」

と言って、そのまま玄関の扉を開けた。

「え？　麻実子、もう帰っちゃうの？」

「うん」

「また会えるよね？」

「もちろん！」

その「もちろん！」の言葉はけっこう遠くから聞こえてきた。

☆

結論から言うと、その「もちろん！」は嘘だった。

LINEのアドレスは交換していたので、『次、いつ会えそう？』というメッセージを、大夏は彼女に何度も送った。

ところがその都度送られてくるのは、なんとも煮え切らない生返事ばかりだった。

『今、ちょっとバタバタしてるんだ』

『私も会いたいんだよ』

『スケジュールちゃんとわかったら連絡するね』

『いきなりお店に行っちゃうかも』

『そのうちね』

『ちょっといろいろトラブってて……早く大夏と飲みたいのに』

『返信遅くてごめんね』

『ごめんね』

『ごめんね』

『大夏もお仕事頑張ってね』

結局、麻実子とはその後デートもできず、店にも来ず、やがてLINEの返信すらなくなってしまった。

麻実子とのことをどう考えるべきか、大夏は一度、メリッサとレイチェルに相談してみたことがある。タペンスで働くようになってから、メリッサとレイチェルはご近所で働く同業者の友達的人間関係になっていた。

「救イヨウがナイな、大夏」

それがメリッサの第一声で、

「クソバカの極み」

それがレイチェルの第一声だった。

その頃、レイチェルは『○○の極み』という日本語がお気に入りで、会話の中で連発していた。

「俺のどこがバカなんだよ。俺は彼女が心配なんだ。彼女、何かトラブルに巻き込まれてる的なこと言ってたもん」

「そんなのは全部嘘ダ」

「女の嘘がワカラナイ男ダナ」

「女と付き合ッタことないノカ」

「オマエ、さてはドーテーだな？」

「俺、童貞じゃねーし！」

「体は違ッテモ心はドーテーだ」

「ドーテーの極み」

「何だよ、童貞の極みって！」

「だいたいオマエ、自分のことわかってナイ」

「自分のこと？」

「ソウダ。オマエと遊ぶ女はいても、真剣に付き合うオンナはいない」

「え？　なんで？」

「バカだな、オマエ。男は、カネ、メイヨ、将来性！」

「オマエ、ひとつも持ってナイ」

「オマエには何もナイ。何もナイの極み」

「……」

「……」


それでも大夏は麻実子にＬＩＮＥを送り続けた。迷惑にならないよう、数日に一回くらいのペースで。メリッサとレイチェルは麻実子に会ったことがない。彼女たちの意見もわからなくはないが、麻実子が大夏にした最後の長いキスには、単なる遊び以上の気持ちが絶対に入っていた……そう大夏は信じていた。

（もしかしたら、あの金融工学男とトラブルになっているのかな？）

（もしかしたら、あの金融工学男が実は麻実子の彼氏で、でも麻実子は俺のことを好きになってしまって、それでちゃんとあいつと別れようとして、それでトラブルになっちゃったんじゃないのかな？）

（そしてそしてそして、麻実子は実は根が真面目な女の子で、前の男とキッパリ別れてから、改めて俺と会いたいと思っているんじゃないのかな？）

（それならそれで、ちゃんとそう正直に話してくれたら、俺、そういう現実ごと麻実子をきちんと受け止めるのに）

そんなことを大夏はずっと考えていた。そしてその気持ちを、麻実子へのＬＩＮＥにも正直に書いた。

『急《せ》かすわけじゃないけれど、でも、連絡待ってるね』

メリッサとレイチェルは、

「絶対返事ナンカ来ナイ」

「無視されるの極み」

そう言っていたが、大夏は麻実子の気持ちを信じていた。


そして、あの日！

運命の日パート１！

メリッサとレイチェルの予想は外れ、大夏は狂喜乱舞した。麻実子から、久しぶりにLINEの返信が来たのだ。

『今夜九時半。栄四丁目のコメダで会いましょう』

## 2

その日も、いつものように坦々と始まった。

正午になるほんの少し前に起床し、まずスマホでLINEをチェックする。麻実子からの返信はない。前々日に送ったメッセージにもまだ既読が付いていない。ため息をついてスマホの表示をオフにする。湯を沸かし、スーパーでまとめ買いをしたカップ麺の一つにそれを注ぐ。食べる。またスマホを見る。何も変化はない。ため息をつきながら洗濯をする。それを干す。またスマホを見る。何も変化はない。

ため息をつきながら部屋を出る。瓦通《かわらどおり》を西へ歩き、高速道路の下をくぐる。池田公園手前の路地を右に曲がるとタペンスの入っているペンシル・ビルが見える。入る。薄暗い階段を四階まで上る。またスマホを見る。何も変化はない。ため息をつきながら今度は店の掃除をする。閉店時にはいつもやる気が枯渇《こかつ》しているので、開店前を掃除タイムと決めている。流行っていない店の利点は汚れもそんなにないことだ。トイレもいつも比較的綺麗だ。掃除はすぐ終わる。暇になる。またスマホを見る。何も変化はない。ため息をつきながらＳＮＳを眺める。ここ最近、名古屋では小さな女の子が変質者に襲われるという事件が連続して起きている。それについて、『愛知県警の怠慢が原因だ』という書き込みが急増していた。見知らぬ人が大した根拠なく警察を罵倒しているのを大夏はしらけた気分で眺める。誰かを攻撃することで憂さ晴らしをしないというのが、大夏の数少ない長所のひとつだった。スマホの表示をオフにする。タペンスの開店は十九時だ。それまでぼんやりと過ごす。流行っていない店の利点は、仕入れなどの雑用がとても少ないことだ。なのでひたすらぼんやりと過ごす。スマホを見る。何も変化は無い。ため息をついてスマホの表示をオフにする。ぼんやりと過ごす。またスマホを見る。何も変化は無い。ぼんやりする。またスマホを見る。何も変化は無い。

そうこうしているうちにようやく十九時になる。カウンター奥の棚から、ジャクリーヌ・デュプレのチェロ協奏曲のアナログ・レコードを取り出す。漆黒の円盤をターン・テーブルの上に。そっと針を落とす。店の天井に吊るしてあるＢＯＳＥのスピーカーから、低く美しいチェロの音が流れ始める。

とそのとき、大夏のスマホが『ピロリン』と鳴った。

「え？」

ＬＩＮＥニュースなどは通知をオフにしてある。ＬＩＮＥを交換している友達は数人だ。メリッサかレイチェルからだとしたらがっかりだ……などと思いつつ、おそるおそる画面を確認する。

「き、来た——ッ!」

思わず大きな声が出た。LINEは麻実子からだった。

『今夜九時半。栄四丁目のコメダで会いましょう』

大夏は嬉しさのあまりスマホ画面にキスをした。麻実子からのLINEにしては文章が敬語で書かれていることに少しだけ違和感を覚える。

(ゆっくり話をするのならわざわざ喫茶店に行くより、ここタペンスとかあるいは俺の部屋でも良いじゃん)

(そもそも夜の九時半って中途半端な時間だな)

そう思ったが、それらすべては、久しぶりに彼女に会える喜びに比べたら些細なことでしかなかった。


二十一時十分。

開店してから二時間以上経過したが、ありがたいことに客はまだひとりも来ていない。大夏は、店のポストに入っていたチラシを取り出して裏返した。

『ちょっと外出しています。冷蔵庫のビールでも勝手に飲んでいてください。』

と、裏の白い部分に大きくマジックで書いた。

そして、セロハンテープでそれを入口のドアの外に貼り付ける。数時間前に足取り重く上った階段を、今度は鼻歌まじりに一段飛ばしで駆け降りた。

池田公園の中を早足で突っ切り、東栄通に出たところで、

「ダイキ！」

と呼ぶよく知った声が飛んできた。メリッサとレイチェルだ。その日もふたりはフィリピン・パブ『パリス』の前で客引きをしていた。

「ナゼ走ってル？」

「ドーシタ、店ハ？」

大夏は満面の笑みとともに胸を大きく張った。

「やっぱり俺が正しかったよ」

そう言って、さらにドンッと拳で自分の胸を叩いた。

「ハ？　ドウシタ？」

「ノドに何か詰マッタカ？」

そう訝《いぶか》しそうにするメリッサとレイチェルに、

「やっぱり愛だよ、愛」

と大夏は叫び、それから猛然と走り始めた。東栄通を左に。狭い一方通行の道を、自転車を避けつつ武平通《ぶへいどおり》まで走る。黒地にオレンジ色の『コメダ珈琲店』と名の入った縦に細長い看板が、通りの角に立っているのが見えてきた。さらに加速する。そして、息を弾ませながら入口

の扉を引く。

「いらっしゃいませ。おひとり様ですか？」

白のポロシャツに紺色のスカートを穿《は》いた店員が大夏に声を掛けてくる。麻実子はまだ来ていないようだ。

「や、ふたりです。待ち合わせなんで。はい」

少しばかり自慢げに店員に告げ、大夏は店に入ってすぐの四人掛けボックス席に座った。ここならば万が一にもすれ違ってしまうことはない。

「ご注文お決まりになりましたらお声かけてくださいね」

そう言って店員は去っていった。

（あの金融工学男と、ようやくきちんと別れられたのかな……）

メニューを見ながらそんなことを考える。

（けっこう時間かかったよなあ。あの金融工学男、よっぽどしつこい男だったんだろうな。ストーカー体質ってやつ？　可哀想な麻実子ちゃん。おっと。ちゃん付けは禁止だった。注意しなきゃ。可哀想な麻実子。今日はまず、しっかり麻実子の愚痴を聞いてあげないとだな）

メニューを見ながらそんなことも考える。

（あと、あれだな。麻実子はきっと、俺にたくさん『待たせてごめんね』って言うだろうから、そのときは俺、『バーカ。過去のことは過去のこと。今夜、こうやって会えたんだから、俺はもう何にも怒ってないよ』って優しく伝えなきゃだな。ああ、幸せ。俺、今、マジで幸せ）

そんなことをぐるぐると何度も考えつつ、一分ごとにスマホの時刻表示を確認する。

そして、ちょうど二十一時三十分かっきりになった。

カランカランという音を立ててコメダ栄四丁目店のドアが開いた。

(麻実子だ!)

そう期待したが、入ってきたのは見知らぬ若い女性だった。リクルート・スーツかと思うような地味な紺色のパンツ・スーツ。黒髪をひとつに束ね、細いストラップのトートバッグを肩から下げている。小顔で、しかもそれぞれのパーツのバランスが素晴らしく、地味なのによく見ると可愛いという、大夏の好みにどストライクな容姿だった。大夏は思わず見惚れた。麻実子との待ち合わせでなかったら、ダメ元で声をかけていたかもしれない。

と、その女の子が大夏を見た。大夏はもともとその子をガン見していたので当然目が合った。

彼女は数秒大夏を観察し、それから大夏の向かい側のシートにいきなり座った。

「君が、広中大夏って人?」

「え?」

「広中大夏なの? それとも違うの?」

「や……確かに、俺は広中大夏だけど?」

予期せぬ事態に大夏は混乱していた。初対面の、おそらくは歳下であろう女性に、なぜ呼び捨てにされているのかも大いに疑問だった。目の前に座った女の子はそんな大夏の戸惑いを気にもせず、

「そう。じゃあ、時間がもったいないから単刀直入に言わせてもらうけど――」

と言って、グイッと体をテーブルの上に乗り出した。

「ストーカーとかマジでやめろよな。クソ野郎」

「え？」

「これ以上麻実子に付きまとうならこっちにも考えがあるから。警察にも相談するし、君の職場にも怒鳴り込んで店のオーナーに直接クレーム入れるから」

「ちょ、ちょょっと待ってよ」

「何よ」

「何か勘違いしてるみたいだけど、ストーカーは別の男だよ。麻実子は俺に惚れてて、それでたぶん、その別のストーカーの男と最近まで揉めていて、でも今日ようやく……ぶはっ！」

言いたいことを最後まで言えなかった。目の前の地味カワ女が、いきなりテーブルにあったグラスの水を大夏の顔面にぶちまけたからだ。

「え……え？」

ずぶ濡れになり思考がうまく回らなくなる。彼女はシートから立ち上がった。

「警告はしたからね。クソ野郎」

吐き捨てるようにそう言うと、あっという間に店から出ていった。カランカランというドアベルの音。気がつくと、店員も、客も、店中すべての視線が大夏に集まっていた。恥ずかしさのせいか、水を浴びせられたショックからか、とにかく顔が熱く火照《ほて》るのを感じた。

「ちょっと待てよ！」

気がつくと、怒声を張り上げながら大夏も店の外に飛び出していた。通りの十メートルほど先にまだその女はいた。

「待てよ、おい！」

もう一度声を張り上げる。

（とにかく捕まえて誤解を解く！）

（そして、謝らせる！）

そんなことを思っていたのだろう。全速力で駆け寄り思いっきり彼女の両肩を摑んだのと、その彼女がつんざくような悲鳴を上げたのがほぼ同時だった。

（待てよ、待ってくれ！　叫びたいのは俺だ！　誤解されてるのは俺だ！　公衆の面前で水をかけられ恥をかかされたのは俺だぞ！）

が、気持ちが昂《たかぶ》り過ぎて上手に言葉が出てこない。その言葉の代わりに、大夏は悲鳴を上げ続けている彼女の体を激しく揺さぶった。

と、そのときだった。

「おい」

大夏の背後から、野太い声がした。

次の瞬間、信じられないような力強さで大夏は女から引き剝がされた。

「なんだよ！　放せよ！」

そう叫びながら振り返ったのと、鳩尾《みぞおち》に強烈な右パンチを喰らったのが、ほぼ同時だった。

「はぐぉぅぅ」

意味不明な声とともに悶絶《もんぜつ》する。その大夏に、パンチを放ったダーク・グレーのスーツの男が忌々《いまいま》しそうに言った。

「クソ。出来立ての熱々で食べたかったのに」

「？」

「おまえのせいで、俺の初めてのあんかけスパゲッティが台無しだ」

# 3

その少女は、カメラに向かって満面の笑みを見せていた。

ダンス大会の終了直後、少女は左手に金色のトロフィを抱きしめ、右手は可愛い小さな顔の横でVサインを決めている。長い黒髪と、それをひとつに結わえた赤い大きなリボンが、風にひらひらと気持ち良さそうになびいていた。

そして、余白には本人の手書き文字。

『サイコーにシアワセ♡』

スマホ画面から直接、指で写真の上に文字を書き足せるアプリが使われていた。緒賀冬巳《おがふゆみ》は少女の笑顔と『シアワセ♡』という文字をしばらく見つめていた。

それから次の写真。

同じ少女の写真だ。

力なく見開かれた目。すでに何も見てはいない。だらしなく開いた薄い紫色の唇。その奥に小さな舌が見える。子どもらしく肉のついた丸い頬に、今はたくさんの赤い斑点が霧吹きで吹いたように飛び散っている。華奢な肩。まだ薄い胸。ピンク色のスカートから真っ直ぐ伸びた二本の脚と紺色のスニーカー。

さらに見る。

同じ少女の喉元だけをアップで大写しにした写真だ。細く蒼白《あおじろ》い喉元に、干からびたムカデのような赤い筋がぐるりと一周するように張り付いている。

「現場、行ってみますか？　緒賀さん」

隣りの席に座る鶴松《つるまつ》という男から声をかけられた。三十五歳になる緒賀より七つほど若い巡査部長だ。

「千早《ちはや》公園ってところです。車なら十分ちょっとで行けますよ」

「ありがとう。でも、もう行ってきたんだ」

「え？　いつですか？」

「今朝」

「今朝？」

「うん。異動の内示のときに、『愛知に行ったら、そのまま捜査本部に入ってもらうから』って言われてたんでね。出勤前の散歩代わりに現場は見てきたんだ」

「そうなんですか。ふわぁ。さすが東京の刑事さんは気合いが違いますね」

「何も違わないよ。幼い女の子を手にかけるような犯人は絶対に許さない。その気持ちは刑事ならみんな一緒でしょう」


緒賀冬巳は今、愛知県警本部刑事部捜査第一課の刑事部屋に座っている。本日付けで、東京警視庁から人事交流の一環で愛知県警に出向になっていた。三月十六日付という中途半端なタイミングになったのは、今、緒賀が見ている少女の写真が理由だった。

名古屋市中区小四少女殺人事件。

名古屋市では数ヶ月前から、女子小学生が首を締められ、失神させられ、その後、おそらくは意識を取り戻したときに大声を出して騒がれたりしないよう、口に粘着テープのようなものを貼られて連れ去られるという事件が何度か起きていた。連れ去りから一時間程度の空白の時間があり、最後は公園の遊具の上に置き去りにされるというのがパターンだった。

現在判明しているだけで犯行件数は七件。余罪はさらにあるだろう。卑劣な変質者の犯行と思われている。が、被害者に目立った外傷がなかったことや、近隣から奇異の目で見られるリスクなどを考えてか、少女たちの親の多くが被害届の提出を躊躇《ためら》った。それに、事件が複数の所轄にまたがっていて、県警内部の横の連携が上手く機能しなかったことなどが原因となり、つい最近までこの件に関して警察の捜査の動きは鈍かった。

しかし、それが悲劇を招いた。

犯人の手口がそのときだけ何か違ったのか。それとも被害者の山浦瑠香《やまうらるか》が他の女の子より少しだけショックに弱かったのか。彼女の場合は失神だけでは終わらなかった。死んでしまったのだ。彼女は粘着テープを口に貼られていたとき、不運なことに嘔吐《おうと》をした。粘着テープによって排出を阻害された吐瀉物《としゃぶつ》は、そのままこの哀れな少女の気道を閉塞し、窒息死に至らしめた。犯人は少女の遺体を名古屋市中区の千早公園の遊具の上に遺棄した。

山浦瑠香殺害事件がニュースとして流れた直後から、SNSでは、

『私の知り合いの家族にも似たような事件の被害者がいる』

『私の近所でも同じような事件があった。その子は幸い失神してただけだけど』

という書き込みで相次いだ。そして、それは、

『愛知県警、今まで何やってたの？　バカなの？』

『県警がちゃんと捜査してれば、その女の子も殺されずにすんだはずなのに！』

『警察、無能すぎる！』

『責任を取れ！』

『役立たず！』

『税金泥棒！』

などの罵詈雑言へとすぐに発展した。それを週刊誌が後追いしてさらに煽《あお》る。そうしたバッシングを速やかに終息させるため、県警の上層部はこの山浦瑠香殺害事件の捜査本部に可能な限り大量の捜査員を投入することに決めた。それで緒賀冬巳の異動も予定より二週間も早まったのだった。

「愛知のピンチを東京警視庁が救った……てな感じになってくれると最高なんだがね。緒賀くん、頑張ってくれよ」

それが緒賀を送り出すときの東京の上司の言葉だった。

本日、名古屋城のすぐ向かいにある愛知県警本部に着任し、刑事部の新しいデスクに今、着いている。が、ここでじっくり捜査資料を読み込めるのは今日だけだ。明朝からは、所轄である中署に設置された捜査本部に直行する日々になる。そして、靴を何足か履き潰す気合いで名古屋じゅうの訊き込みをすることになるだろう。

緒賀はもう一度、事件の青いファイルの捜査資料をはじめから読み直すことにした。

名古屋市中区小四少女殺人事件
被害者：山浦瑠香
・十歳。
・名古屋市立名城《めいじょう》第二小学校四年生。
・身長、百五十五センチ。

・やせ型。
事件の概要
・事件当日の午後三時、被害者はいつも通り数人の友人たちと下校。
・家の近くの小路で友人と別れたあと目撃証言なし。
・小路から被害者の自宅までの間に防犯カメラなし。
・十九時、被害者の両親から捜索願が提出される。
・二十二時、中区栄の千早公園の遊具の上にて遺体が発見される。
・死因は吐瀉物の詰まりによる気道閉塞。
・頸部《けいぶ》に圧迫痕あり。
・死体遺棄現場に吐瀉物、尿失禁の痕跡なし。別場所で殺害後に運んできたと思われる。
・現時点で不審人物の目撃情報なし。遺棄現場近隣からの防犯カメラ映像は現在精査中。

緒賀はファイルから顔を上げて再び写真を見た。トロフィを片手にVサインをしているものと、警察が現場検証の際に撮影したものだ。

「名古屋ってダンスが盛んなんですよ。有名なダンススクールもいくつかあって、被害者はそこでダンスを習っていたみたいです」

横からまた鶴松が話しかけてくる。

「百人以上出場した大会で優勝ですって。すごいですよね。将来は歌って踊れる声優さんになるのが夢だったそうです。可哀想に」

「本当だね。ところで、どうして犯人はいつも女の子を公園に置き去りにするんだろう」

「わかりません。ただ、その公園は毎回変えているようです。やっぱり名古屋に土地勘のある人間の仕業ですかね」

「どうだろう。今はグーグル・マップみたいな便利なものがあるからね。土地勘があると決めつけるのはちょっと危険かもしれないな」


参考として、山浦瑠香以外の事件の資料もそのファイルには綴《と》じられていた。不幸にして被害には遭ったが、死なずにはすんだ女の子たちの事件だ。今後、彼女たちの心にこれらの事件がどんな悪い影響を及ぼすか……それはまだ誰にもわからない。

現時点で判明している最初の被害者は、宮本和葉《みやもとかずは》という八歳の女の子だった。名古屋市の中村区にある豊稲《とよいな》小学校の三年生だ。身長百四十九センチ。やせ型。夜の二十時に、名城公園のベンチに横たわっているのを通行人が発見して通報、保護。このとき警察は、変質者による事件ではなく、両親による虐待とそれを原因とした家出の可能性が高いのではないかと考えた。宮本和葉の体に体罰が原因と思しき傷が複数あったからだ。それで、担当者は管轄の児童相談所に連絡してそちらに調査を引き継いでもらった。

二件目の被害者は今西愛理《いまにしあいり》。十歳。昭和区にある鶴舞西《つるまにし》小学校の五年生。身長百五十一センチ。やせ型。事件の発生は宮本和葉の事件のちょうど一週間後だった。小学校から帰宅してから、彼女は週に二回通っている英会話教室を目指して再び家を出た。いつもなら英会話教室からの帰りは十九時半前後。が、その日今西愛理は十八時に泣きながら帰宅した。

『後ろから誰かに首を絞められた』

そう愛理は母親に訴えた。気を失い、気がついたときには鶴舞公園の遊具の上に倒れていたという。今西愛理の首には薄っすらと赤い痣《あざ》ができていた。それと口の周辺にアレルギー反応のような赤い肌荒れ。着衣に乱れはなかった。その日の夜、母親は父親に警察に通報すべきかの相談をした。父親は『それよりまずは病院だ』と言い、翌日に知人の医師のところに愛理を連れていった。診断の結果、性器などに外傷はないと言われ両親は安堵した。医師は警察への通報を勧めたが父親はそのときは従わなかった。彼らが警察に情報を提供したのは、山浦瑠香ちゃんが殺害され、そのニュースが日本じゅうに報道されてからのことだ。

三件目の被害者は早川優見枝《はやかわゆみえ》。十一歳。名古屋市の隣り、春日井《かすがい》市にある牛熊《うしくま》小学校の六年生。身長百四十五センチ。やせ型。事件の発生は今西愛理の事件からさらに一週間後だ。早川優見枝も週に三日塾に通う女の子だった。小学校から最寄り駅まで歩いて電車に乗り、塾のある名古屋まで移動する。行きはいつもひとりだ。塾は十七時に始まり二十一時に終わる。その時間に合わせて両親のうちどちらかが早川優見枝を迎えに車で塾まで行く。事件の起きた日も、母親の安佐子《あさこ》が迎えにいく予定だった。が、十八時に塾の総務課から安佐子のスマホに『優見枝ちゃんがまだ来ていません』と連絡が入った。驚いた安佐子は娘のスマホを三十回以上鳴らしたが、コール音が虚しくするだけで娘は電話に出なかった。安佐子は夫の孝志《たかし》に連絡をし、自宅近くの警察に捜索願を出した。と、その直後に名古屋の別の署から『早川優見枝ちゃんと名乗る女児を保護しています』という連絡が入った。早川優見枝は瑞穂《みずほ》区にある瑞穂公園で倒れているところを、通りかかった高校生のグループに発見された。警察の事情聴取に早川優見枝は、『突然後ろから首を絞められた。そこからは何も覚えていない。目が覚めたら知らない公園だった』と話した。顔と首には薄く赤い斑点ができていた。

このとき、発見者となった高校生たちのひとりが、事件のことをＳＮＳにアップした。ツイッターにこんな文章を投稿したのだ。

『マジでビビった！　いつもの公園で女の子が倒れてたから助けたら、いきなり後ろから首絞められたんだって！　怖っ！　めっちゃ怖っ!!!』

そのツイートは瞬く間に拡散された。

『実は、私の知り合いの家族にも、似たような事件の被害者がいるんだよね！』

『近所でも同じような事件があったって噂になってる！』

『首絞めて失神させるみたい。鬼畜すぎ！　とにかく小学生の女の子の親御さんは気をつけて！』

『警察、ちゃんと捜査しろよな！』

これらの書き込みは数日でいったん沈静化したが、山浦瑠香殺害事件によって再発掘され、今では一万回以上リツイートされて今も日々増え続けている。現在書き込まれるコメントの大半は愛知県警への罵倒だ。この早川優見枝の事件のときにきちんと捜査をして犯人を逮捕していれば、山浦瑠香ちゃんは死なずにすんだのに……それが怒り狂うネット民たちの意見だった。

（意見そのものは間違っていない）

そう緒賀は思う。犯罪というのはエスカレートしがちである。一日も早く犯人を捕まえなければ、また新たな被害者が出るかもしれない。


「自分は今日はもう帰りますが、緒賀さんはまだ残られますか？」

そう鶴松が訊いてきた。

「うん。異動初日から捜査本部の足手まといになりたくないからね。ちょっと休憩して夜食でも食べたら、この捜査報告書の後半を熟読するよ」

「夜食、何か買ってきましょうか？」

「や、そこまでしてくれなくて良いよ。近くにパッと食べられるところないかな」

「何食べたいですか？」

「腹に溜まればなんでも。あー、でもせっかくの名古屋初日だから、名古屋メシ的なのがあるなら嬉しいかな」

「名古屋メシ、名古屋メシ……んー、この時間ですからねえ。自分、栄にある『そーれ』って店のあんかけスパゲッティが大好きなんですけど、この時間だとラスト・オーダー終わってますしねえ」

「あんかけスパかあ。実はそれ、一度も食べたことないんだ」

「あー、じゃあ、コメダはどうですか？　喫茶店のコメダ。コメダならメニューにあんかけスパありますよ」

「ありがとう。じゃあ、初の名古屋メシはそれにしようかな」

スマホで検索をすると、栄四丁目のコメダ珈琲店がタクシーで一メータくらいの近さだった。夜食ついでに、全国的な知名度を誇る名古屋の繁華街の雰囲気を見ておくのも有意義だろう。そう決めて、緒賀は青いファイルに栞《しおり》代わりに愛用しているペンケースを挟み込み、背伸びをしながら立ち上がった。

# 4

男がひとり、地下鉄東山線に乗り込んだ。

無地の黒いキャップを被り、ウレタン製のライト・グレーのマスクをしている。なので、年齢はわからない。若く見えるが、実は中年かもしれない。

地下鉄の車内が混雑していることを男は少しだけ嬉しく思う。気が安まるのだ。最近、テレビのワイドショーが人と人との距離について口やかましく報じるようになってきた。が、男は、混雑というやつが好きだった。ある程度まとまった空き時間ができると、男は人混みを目指す。

他人と肩が触れ合うくらいの混雑の中に身を置くと、〝その他大勢の中のひとり〟になれた気がして安心するのだ。最近、マスク人口が大幅に増えてきたのも、男にとっては嬉しい変化だった。

と、上着の左内ポケットに入れていたスマホが振動した。

『先生から伝言。明日のミーティング、朝九時に前倒し』

チッと小さく舌打ちをしてから、『了解』と返信してスマホをまたしまう。そのとき斜め向かいに立っているスーツ姿の男が、今どき珍しく窮屈そうにタブロイド判の新聞を折りたたみながら読んでいるのが目に入った。正確には、そのタブロイド判の見出しのひとつが目に入った。

『名古屋の小学生殺害事件。愛知県警は捜査員を増強方針』

チッ。

男はもう一度小さく舌打ちをする。

(どうしてこんなことになってしまったんだ……)

次に停車した駅で男は電車から降りた。ホームから改札へ。エスカレーターで地上に出る。そして目の前の大通りを左へ。その間ずっと同じことを考え続ける。

(どうして、こんなことになってしまったんだ……なぜあの子はあんなに簡単に死んでしまったんだ……)

力加減はいつもと変わらなかったはずだ。頸動脈を圧迫し気を失わせる。それ以上でも以下でもない。今まで一度も失敗しなかった。それなのに……。

男は歩きながら、右手の薬指の爪で自分の左手甲の親指付け根をカリカリと掻いた。爪が当たる先には五センチ大の円形のケロイド。精神的に不安定になるとそれを掻きむしるのがこの男の癖だった。

(とにかく落ち着け)

男は自分自身に言い聞かせる。

(ここでやめれば良いだけだ。証拠は何も残していない。今やめればそれで〝やり逃げ〟であり〝勝ち逃げ〟だ。そうだろう？

マスコミの報道のせいで世間は警戒を始めた。小学校も、小学生の女児を持つ親たちも、神経質になった。警察が市中をパトロールする頻度も心なしか増えた気がする。危険だ。これ以上は危険。だからやめる。それが正解だ。何度か楽しい思いができた。それで十分だ。やめよう。やめる。やめるぞ。俺は、もう、やめる)

とそのときだった。

男の目は、前方の路地から現れたとある少女に吸い寄せられた。

小学生。五年生か六年生くらい。ショートパンツからスラリと伸びた細く長い脚。ポニーテールからこぼれ落ちた後れ毛が、細くて白いうなじの上でサラサラと揺れている。

(顔が見たい……)

(これで顔が可愛かったらどうしよう……)

そんなことを思いながら、男はその子の後ろを距離を取りながら付いていく。交差点。信号。女の子は横断歩道の前で立ち止まる。大通りの向こう側に渡るつもりらしい。これから塾にでも行くのだろうか。華奢な体つきにはちょっと大き過ぎる帆布のバッグを斜めがけにしている。おそらく教科書や参考書をたくさん入れているのだろう。バッグの持ち手のところには、今大人気のアニメのキャラクター人形が付けられている。タイトルは『死なないガール美弥火《みやび》』。中学生だけれど実はヴァンパイアの女の子・美弥火が、同級生の男の子・祥太郎《しょうたろう》に恋をする。美弥火は彼とキスをしたくてたまらないのだが、そのときに自分を抑えられなくなり、そのまま彼に噛み付いてしまったらどうしようと恐れてもいる。それで美弥火は、何とか自分の恋心を誤魔化そうと悪戦苦闘するのだが、そのうち祥太郎のほうも彼女のことが気になり始めて……というラブ・コメディだ。この作品なら男もすでに全話視聴済みだ。彼は別にアニメが好きなわけではない。ただ、こういう知識があると話しかけるきっかけを作りやすいし、その後の会話も続きやすい。それで、小中学生に流行っている作品は一通り見ることにしていた。

と、彼女が体の向きを変えた。

横顔が見えた。

（ワオ）

小さく尖った鼻。クルクルと動く大きな瞳。可憐な唇。パーフェクトじゃないか。男は憤慨《ふんがい》した。

（なんでこんな子に今出会ってしまうんだ。この子もこの子だ。習い事の帰りなのだろうが、こんな時間にひとりでこんな繁華街を歩きやがって。ある種の人間にとって、自分がどれだけ魅力的かということをこの子は全然わかっていない！）

歩行者用信号が青になる。

女の子が渡る。

男はそちらの方向には何の用事もない。今から自分は明日のミーティングの予習をしなければならない。それにこういうことはもうやめると決心したばかりではないか。男は逡巡《しゅんじゅん》した。

（あと五分だけこの子を後ろから眺めて、それで終わりにするのはどうだろう。眺めるだけ。それ以上のことはしない。五分眺めたら自分の仕事に戻る。うん、そうしよう。五分。五分だけだ）

男は同じ歩行者用信号を渡ることにした。

ただ彼はひとつ大きく間違えていた。残念なことに、彼は自分が思っているほど意思の力は強くなかった。

その尾行は五分では終わらなかった。

# 5

大夏が栄四丁目のコメダ珈琲店で緒賀と初めて会った夜。

そして鳩尾に強烈なパンチを喰らって悶絶した挙句、警察署に連行された夜。

大夏の姉である美桜は母・琴子とふたり、岐阜の実家で、夕食として山盛りの朴葉《ほおば》味噌を一緒に舐《な》めていた。朴葉味噌を何かに付けているのではない。朴葉味噌オンリーだ。なぜそんなことになったかというと、琴子がそうしたいと言ったからだ。

「朴葉味噌だけをね、『ごめんなさい』って言いたくなるまでたくさん食べてみたいの」

「なんで？」

「好きなの。朴葉味噌」

「うん。好きなのは前から知ってるけど、なんで朴葉味噌だけなの？」

「え？　だけが良いのよ」

「うん。だからなんで？」

「何でって、あなただけよっていうのが、一途《いちず》な感じがして良いでしょう？」

「そうかな。飛騨《ひだ》牛焼いて、サラダも作って、ご飯もツヤッツヤのやつを炊いて、『そこにさらに朴葉味噌もあるんだー、わー、贅沢っ♪』ていうのが夕飯としては楽しくない？」

「楽しくない」

「え？　楽しくないの？」

「そういうのが楽しい日もあるとは思うけど、今夜は朴葉味噌だけと向き合いたいの」

そんな会話の末、その日の夕飯は朴葉味噌のみになったのだ。広いテーブルの上に山盛りの朴葉味噌がふたつ。温かい揖斐《いび》のお茶。他は何もなし。夕食の食卓としてはなかなかにシュールな光景だった。ただ美桜は、名古屋の錦から岐阜の実家に帰ってくる際、三つの〝三十秒ルール〟を心に決めていた。

『琴子に三十秒以上反論しない。琴子を三十秒以上説得しようとしない。琴子のやりたいことを三十秒以上止めない』

すでに認知症が始まっているというのなら、それはもう仕方がない。琴子は今まで美桜と大夏のやりたいことを止めたことがない。常に、子どもに合わせてきた。なので今度は自分が母に合わせる番だ。そう美桜は考えていた。どんなに突飛なことを琴子が言い出しても、三十秒だけ自分の意見を述べて、それで説得できなかったら潔く諦める。そういう方針を、美桜は日々貫いている。そんなわけで、その日の夕飯は朴葉味噌のみだった。

琴子はピンクのカーディガンにピンクのスカート、そしてなぜか膝の上に小さなピンクのハンドバッグを置き、背筋をピンと伸ばして椅子に浅く腰をかける。

「いただきます」

幸せそうに微笑みながら両手をまず朴葉味噌に対して合わせた。

「いただきます」

美桜も琴子の動きと言葉を真似た。ちなみに琴子の中ではここ何年もピンク色が大ブームだ。帰省して、母親のタンスの中がピンク一色で溢れ返っているのを見たときにはさすがに驚いた。

「ピンクは桜の色よ？　つまりあなたの色なのよ♡」

琴子はそう言って、日々、ピンク色の服を着続けている。

「たまには違う色のお洋服も気分が変わって良いかもよ？　一緒に買い物に行かない？」

美桜は一度だけそう言ってみたが、「嫌よ」の一言で却下された。そのときも三十秒ルールに従って、すぐに美桜は自分の提案を引っ込めた。まあ、今更ご近所の目を気にしても仕方ないし、本人が楽しくて幸せならそれが一番だと思う。

それから一時間、美桜と琴子は温かい揖斐茶だけをお供に、朴葉味噌をゆっくりじっくりと味わった。美桜側からは決して急《せ》かさない。

やがて、琴子が満足して箸を置いた。

「ご馳走様でした」

また両手を合わせる。夕食タイム終了。さあ、これからが美桜の仕事タイムである。

一度、二階の自分の部屋に上がって部屋着を脱ぎ、出勤のためにウォーキング&ランニング用の白のジャージの上下に着替える。美桜は岐阜に帰省後は、柳《やな》ヶ瀬《せ》にあるクラブ『グレイス』で働いている。琴子と食事をしてからの出勤だと店の規則では完全に遅刻なのだが、採用面接のときに相談した結果のことだった。

『母の介護を最優先するために岐阜に帰ってきたんです。なので、この条件を認めていただけないのでしたらこちらで働くのはお断りします』

店のオーナー・ママは、『介護最優先』という美桜の言葉をいたく気に入り、特例として美桜にだけ、常に二時間の遅刻出勤が認められることとなったのだった。

容量八リットルの小さなランニング用の赤いリュックを背負い、階下に戻る。琴子は揖斐茶を食後の珈琲に代え、新聞に挟み込まれている広告を熱心に読んでいた。琴子は広告チラシが大好きなのだ。用なしとして放り出された新聞が床に落ちている。

『瑠香ちゃん殺害事件。未だ手掛かりなし』

『ネットでは愛知県警へのバッシングが続く』

地方版の部分にそんな小見出しが出ているのが目に入った。拾い上げ、古紙回収のための大きな縦長の紙袋にそれらを放り込む。

「行ってきます」

お気に入りのブルーのジョギング・シューズを履きながら琴子に声をかける。琴子は広告チラシから顔を上げた。

「気をつけてね。あ、学校では先生の言うことをちゃんと聞くのよ」

「はーい」

高校生に戻った気分でそう返事をして勝手口から家を出る。外には『珈琲　甍』というスタンドタイプの看板が置いてある。それをポンポンと二度軽く触る。美桜の実家は彼女が生まれるさらに二十年も前から、この場所で喫茶店を営んでいた。琴子の認知症が発覚した二年前に店は閉じたが、今でも店舗はそのままにしてあるし看板も取ってある。外出するときは何となく、その看板を触るのが美桜の癖になっていた。

実家から柳ヶ瀬の店まで直線距離で一・三キロ。学生や主婦なら自転車、もしくはタクシーを使う人が多いだろう距離だが、美桜はウォーキングで通勤すると決めている。

歩き始める前にスマホを取り出しＬＩＮＥの通知を見る。

どうでも良いメッセージはたくさんあるが、期待しているものだけが来ていない。

まあ、来ていないものは仕方がない。

エアポッズ・プロをセットし、外部音取り込みモードにする。最近、岐阜のラジオ放送で知った『ドリーム・メーカー』という男性ボーカル・グループのプレイリストをオンにし、美桜は両手を大きく振って歩き出した。

☆

美桜が待っているのは、金華《きんか》大学の応用生物科学部の教授、畦地《あぜち》弦一郎《げんいちろう》からのメールだ。ちなみに美桜と畦地は恋愛関係ではない。正確には、美桜自身は自分の片想いを自覚しているが、畦地はおそらく気がついていない。そもそも個人的にふたりで会ったことがないのだから気がつきようもないと思う。

美桜が畦地を知ったのは今から一年ほど前。地元・岐阜市の金華大学が開催した公開授業でだった。そのとき美桜は初めて知った。

(自発的に勉強するというのはこんなにも楽しいのか!)

親や教師から強制されるのではなく、自発的に自分が学びたい知識に触れるという体験は、びっくりするほどのワクワク感を美桜にもたらした。

その頃の美桜は原因不明の蕁麻疹《じんましん》に悩んでいて、体質改善に切実な興味があった。いくつかのチャレンジと失敗を経た末、美桜が興味を持ったのが水素だった。水素の持つ抗酸化作用。人体の細胞を傷つけ、免疫機能を弱らせ、老化を促進するのは活性酸素が原因というのが世の定説だが、その活性酸素は水素と出合うと結合して無害な水になるという。なので、水素を体内にどんどん取り込むと体内からその分の活性酸素が除去され、結果、人は健康になるはずだという理屈である。具体的には水素を溶かし込んだ水を飲むとか、あるいは水素を溶かし込んだ風呂に入って皮膚から吸収するとか。ただ、これらについて検索を続けると水素の可能性を肯定する記事と同じくらい否定的な記事もヒットする。

『水素水はエセ科学』

『水素水はただの水』

『水素を水に溶かしたまま保つのは不可能』

どちらが本当なのか。どちらが正しいのか。そこで美桜は、信頼できる専門家の話を直接聞きたいと考えた。ネットに流れている記事にはデマや誇張も多く、ステマもたくさん含まれている。医療系サイト『WELQ』の炎上事件などが典型的な見本だ。自分の健康のために正しい情報を得たいと思ったら、まずは信用できる人間と直接知り合うことが大切……そう美桜は考えた。

そうしてさらにさらに調べていくと、実は美桜の地元の岐阜の金華大学には、応用生物科学部という珍しい学部があることがわかった。しかもその応用生物科学部には、水素に関して日本で最先端と言われている研究室まである。そして金華大学は定期的に公開授業を開催していて、そのひとつに水素研究室のリーダーである畦地弦一郎教授のクラスもある。美桜は即座に聴講希望を申し込み、いそいそと大学キャンパスのある岐阜市の柳戸《やなぎと》まで出かけていき、さらに授業後には自分の研究室に戻ろうとしている畦地を廊下で捕まえて質問責めにした。大学教授イコール初老というイメージが美桜にはあったのだが、畦地は細身だが良い塩梅に筋肉のある体つきで肌も若々しかった。彼は嫌そうな顔ひとつ見せずに美桜の質問に付き合い、難しい単語は使わずに丁寧な説明をしてくれ、やがて次の授業の開始が迫ってくると美桜に自分の名刺をわたし、『もしまだ訊きたいことがあるのでしたら、続きはメールでお願いします』と言って去っていった。美桜はメールをした。三日後に丁寧な返信が来た。

あれ以来、時々美桜は畦地に水素と健康についての質問メールを送るようになった。迷惑にならないよう、二ヶ月に一度くらい。いつも三日ほどで返事が来る。丁寧でわかりやすく、美桜の質問にだけフォーカスされた回答で、それ以外の余計な文章がほぼ書かれていないのも美桜には好感度が高かった。

『ご迷惑でなければ、メールのお礼に一度お食事でもいかがでしょうか？』

勇気を出して、先日初めて美桜は質問メールの最後にそう書き添えた。

それから三日。

まだ返事は来ていない。

（脈、無いのかな……）

美桜は常に異性からはうんざりするほどモテてきたので、片想いの経験がなかった。そうした感情との付き合い方も知らなかったし、メールで食事に誘う以上の踏み込み方も知らなかった。とりあえず今できることは雑念を振り払うように早足で歩くことだ。歩いてふくらはぎの血流を高めるとともに、気持ちをポジティブに保とう。そんなことを考える。ちなみに公開授業後、美桜は水素水を飲み始めた。どうせ飲むなら美味しい水に越したことはないだろうと思い、岐阜の関市《せきし》洞戸《ほらど》に湧く『高賀の森水』という名水を基にした水素水を取り寄せた。それのおかげかはわからないが、しばらくして美桜の蕁麻疹は綺麗に消えた。今のところ再発はしていない。


タマミヤ商店街を歩く。

岐阜駅前から三百メートルほど続く商店街は、美桜が岐阜を離れていた五年の間に、中部地方でも有数のオシャレなストリートに変身した。名古屋の錦よりはカジュアルで、東京の裏原宿よりは少し大人っぽい。

そこからさらに北に歩くと金神社。〝きん〟ではなく〝こがね〟と読む。この金神社は福徳円満、金運招福、商売繁盛の神様を祀《まつ》っている。美桜は出勤前に必ずここに寄ることにしていた。

十九時二十分。もう日は暮れている。金色の大きな鳥居をくぐり境内に入る。砂利道を進むと、濃紺の空と黒々とした森のシルエットの手前に朱色の社が浮かび上がっていた。

『神様は夜には天界に帰ってしまうので、お参りは昼じゃないと意味がない』

そう言われたこともあるが美桜はそれは気にしない。初詣のときなどはみんな深夜にお参りに行くし、それ以外にも夜に催事のある神社はいくつもある。

五円玉をひとつ賽銭箱《さいせんばこ》に投げて手を合わせる。

「いつか必ず再開させるつもりなので、そのときはまた、『珈琲　蕓』をよろしくお願いします」

パン、パン。

そして、さらに北へほんの少し。と、そこはもう日本有数の大歓楽街である柳ヶ瀬だ。

金華橋通りをそのまま直進。金町二丁目交差点を越えてすぐの右側にメンバーズ・クラブ『グレイス』はある。柳ヶ瀬の中でも最も高級なナイトクラブのひとつと言われていた。名古屋の錦のクラブを辞め、琴子の介護のために岐阜に帰ることにしたときに、錦のクラブのオー

ナーが、

『岐阜の柳ヶ瀬に仲の良いオーナー・ママのお店があるんだけどどう？　良ければ俺、紹介状を書くよ』

　と言ってくれたのだ。それが縁で、美桜は今もホステスを続けている。母・琴子との夕食が優先なので、客と同伴出勤などはできない。自分自身の健康のためにアフターに飲みに行くこともしない。嘘がつけない性格なのでLINEなどでの営業もやらない。そんな無い無い尽くしのホステスなのだが、その珍しさがウケるのか、入店して一年も経たないうちに、美桜はグレイスで一番売り上げのあるホステスになっていた。

「おはようございます。本日もよろしくお願いします」

　店に入りロッカールームに向かう。

「弁護士の望月康介《もちづきこうすけ》先生が美桜さんをずっとお待ちです」

　そう赤塚《あかつか》という黒服が教えてくる。

「ええと、誰でしたっけ？」

「前に、広告代理店の大島《おおしま》専務と一緒にいらした方ですよ。本日はおひとりで開店と同時にいらっしゃいました。美桜さんをご指名で」

「あ、そう。どんな人だっけ？」

「大きな方です。ええと、体が」

「体？」

「はい。上にも横にも大きい方です」

「……まあ良いや。会えば思い出すと思うんで」

ジャージの上下を赤いドレスに着替える。ジョギング・シューズを二・五センチヒールのパンプスに履き替えた。店からはハイヒールを希望されているけれど美桜はハイヒールというものが激しく苦手なのである。リップを塗り直したら店のフロアへ。

「美桜ちゃん、こっちこっち！」

フロアに出るなり一番奥のコーナー席から声が飛んできた。望月が右手を大きく振りつつ、左手で自分の隣りの空席を盛んに指さしている。身長は百九十センチ以上。腹がたっぷり出ている。丸い輪郭の顔に少し離れ気味の両目。丸い鼻。太い唇。見たらすぐに思い出せた。

『「となりのトトロ」に出てくるネコバスにそっくりと言われるんだ』

初対面のとき、彼は自分で自分の容姿をそう説明していたが、それは少しネコバスに失礼じゃないかと感じたことも思い出した。

望月のテーブルを挟んで正面にはチーママの萩原《はぎわら》みさきが座っている。美桜が来るまでみさきが繋いでくれていたようだ。

「今さ、ちょうどクイズ大会をしようと思ってたとこなんだ。豪華景品付きだよ！」

美桜が横に座ると、望月はそう陽気な声を上げながら大きな体を揺すった。

「え〜、先生、クイズですか？　何かしら？」

萩原みさきが営業用のちょっと高い声を出す。

「ぼくが最近買った車は何でしょう！　質問は三つまでＯＫ！　正解した人には助手席の初乗りドライブにご招待！　さあ、頑張って！」

そう言いながら、望月はドアを空に向かって開ける仕草を何度もした。

「え〜、何かしら」

みさきは再び黄色い声を上げながら美桜のほうに目配せをしてくる。望月の遊びに積極的に付き合えということだろう。しかし、豪華景品が助手席ご招待とは、何も楽しくないクイズ大会だ。

「ええと。それって、私が『うわっ、ステキ！』とか言いそうな車ですか？」

美桜が質問をする。

「もちろんそうだよ。絶対に美桜ちゃんも『ステキ♡』って言ってくれるよ！」

自信満々な様子で望月は答える。そしてまた、ドアを空に向かって開ける仕草をする。みさきが美桜に向かって、声は出さずにゆっくりと口を動かす。

（ガル・ウィング。ランボルギーニ）

あとで確認したところ、みさきは口の動きでそう伝えようとしていたらしいのだが、そのとき美桜はそれを解読できなかった。

「ドライブはどこが良いかな。最初は近場で長良川温泉とか？　海津《かいづ》温泉とか？　それとも菰《こも》野《の》の湯の山温泉とか？　まあ、ぼく的には全然、草津《くさつ》とか別府《べっぷ》までのロングドライブでもありだけどね。その車はとにかく、びっくりするほど速いから。さ、次の質問をしてみて」

望月がはしゃいだ声で美桜を急かす。仕方なく美桜は二個目の質問をした。

「その車は、燃費第一のファミリー・カーですか？」

「え？　どうして？」

「どうしてって……私が『ステキ♡』っていう車ですよね？　私、ガブガブガソリン使ってリッター十キロも走れない車って、地球の敵だと思ってますから」

「え？　そうなの？」

「はい。あ、その車ってエコカー減税対象ですか？　自動ブレーキは付いてますか？　スマホ連携のコネクトサービスは付いてますか？　あと、これからの時代、介護の問題って避けて通れないじゃないですか。だから、簡単な仕様変更で福祉車両っぽくなってくれたりすると最高ですよね。そういうの、めっちゃステキだと思うんですけど、そういう車ですか？」

「……」

望月が黙り込んだ。みさきが望月のグラスにウイスキーと割り水を追加しながら、美桜のことを軽く睨《にら》んだ。

(さて、ここからどうしたものか……)

望月と店外デートをする気はないし、ましてや一緒に温泉旅行など絶対にありえないのだが、しかし店に飲みに来てくれている間はきちんともてなしたいし楽しい時間を過ごしてもらいたいくらいの気持ちは美桜にもある。そのためにはどんな方向に話題を変えるのが良いだろうか。

そんなことを思案していると黒服の赤塚が美桜たちのテーブルに来た。

「失礼します。美桜さん、お電話が入ってます」

「え？　電話？　私に？」

店に誰かから電話がかかってくるなんて初めてだった。

「おいおい、今は俺と飲んでるんだよ。他の客からの電話なんか繋ぐなよ」

望月が不機嫌そうに拗《す》ねた声を出す。赤塚はちょっと困ったような表情を浮かべ、少しだけ声を低くして言った。

「それが、お客様からではなく、警察なんです」

「え？　警察？」

「はい。愛知県警から美桜さんにお電話なんです」

# 6

大夏は鳩尾に強烈なパンチを喰らって悶絶した。

「お疲れ様です。捜査一課の緒賀です。実は女子大小路でひとり、暴行の現行犯を捕まえてしまいまして……」

そんな声が遠くで聞こえた気がするが、定かではない。気がつくと、いつの間にかアスファルトの地面が顔の目の前にあり、大勢の野次馬が集まっており、パトカーが目の前に停まっていた。そして両脇の下に手を回され、乱暴に引きずり起こされパトカーの後部座席に押し込められ、所轄署の取調室まで連れてこられた。

白々とした蛍光灯。所々に凹みや汚れが見えるグレーの簡素なテーブル。手前が少し沈んでいて、とても座りにくいパイプ椅子。

「名前は？」

大夏を連行してきた刑事が威圧的な声で質問してくる。

「君、名前は？」

「広中大夏です。でも俺、何も悪いことはして……」

胃のむかつきを我慢しながら大夏は必死に訴えようとした。が、目の前の警官はすぐに大夏の言葉を遮った。

「訊かれたことにだけ答えて。そして、訊かれていないことは喋らないで」

「え？」

「名前は？」

「広中大夏です。でも俺、本当に何も悪いことはしてなくて、ただ麻実子と……」

いきなり警官がテーブルを掌《てのひら》でバシンと叩いた。

「おい！　素直に取り調べに応じないとこのまま牢屋にぶち込むぞ！」

「え？」

「名前は？　な・ま・え。名前だけ言えばいいんだよ。な・ま・え」

「広中大夏です。でも俺……」

警官が殺意の籠もった目でじっと大夏を睨みつける。それでついに大夏も諦め、

「……広中大夏です」

と、素直に名前だけを答え直した。

「年齢」

「二十八です」

「次、住所。それから電話番号。あと、なんで女の子殴ったりするの？」

「え？　殴ってません」

「殴ったんだろ？　殴ったから逮捕されたんだろ？」

「殴ってません。っていうか、本当は俺が被害者なんです。喫茶店では水をかけられて、外では知らない男の人にお腹を殴られました」

「なるほど。水をかけられたから殴ったんだ」

「違います」

「そもそも、水をかけられるようなことをしたんだろう？　ストーカー？　報告こっちも受けてるんだよ。恥ずかしくないの？　男として」

「俺、ストーカーじゃありません」

「うん。ストーカーはみんなそう言うんだ。で、頭にきて殴ったんだ。最低だな」

「だから、殴ってません！」

「君さあ、今回は被害者の女性が名乗り出てないし、君に前科とかがなくて身元の確認もきちんとできたら、厳重注意ですませてあげてもとこっちは思ってるんだ。でもね。君が反省してないっていうなら話は別だ。傷害罪で本当に書類送検することになるよ？　いいの？」

「え？」

「いいの？」

「いいえ、良くないです」

「なら訊かれたことにちゃんと答えて」

「……」

「何で女の子を殴ったの？」

「……」

「広中大夏くん。質問に答えて」

「な、殴ってません」

「は？」

「本当に殴ってません」

「君さあ。腕を上げたら偶然当たったとか、殴ったんじゃなくてちょっと触っただけとか押しただけとか、そういう舐めたことを言うと後で後悔することになるよ？」

後で後悔は『後』という字がダブっているなと思ったが、その指摘はしないことにした。

「本当に殴ってないんです」

「じゃあ、書類送検だな」

「え？　何でですか？」

「君が反省してないし容疑も認めないなら、あとは裁判で争うしかないだろう？　裁判するためには検察に起訴してもらわなきゃいけないし、そのためには警察から検察に書類送検が必要なんだ」

「ちょっと待ってください！」

「何を待つんだ？」

「は、反省はしています。確かに女の子に大きな声は出したし……」

「大きな声を出した。それから？」

「店の外まで追いかけたし……」

「大きな声を出して店の外まで追いかけた。それから？」

「や、それだけです。殴ってはいません」

「は？」

「殴られはしましたけど、自分から殴ってはいません」

「おまえ、警察を舐めてるのか？」

「舐めてません！　全然舐めてません！　ただ……本当に殴ってはいないんです！」

「そうか。じゃあ、書類送検だな」

「ちょっと待ってください！」

「だから何を待つんだよ？」

「本当に殴ってはいないんです！」

「君がそこまで言い張るなら、それは裁判ではっきりさせよう」

「裁判！」

「君は喫茶店の中で女の子に大声を上げた。女の子が逃げると、さらに大声を上げて威嚇《いかく》をしながらその子を追いかけた。そして恐怖に怯《おび》える女の子を激しく殴り……」

「殴ってません！」

「でも、触りはしただろう？」

「え？」

記憶をたどる。大夏は女の子の両肩を掴んだことは覚えている。

「肩を触りはしましたけれど……」

「そっと？」

「え？」

「相手が痛みを感じない程度にそっと触れただけだったか？」

記憶をたどる。あれは全速力で駆け寄りながらだった。

「そっと、というほどじゃないですけど。勢いはついてたんで」

「なるほど。じゃあ、相手の女の子はそのとき痛みを感じたかもしれないね？」

「え？」

「こんな風に勢いよく掴まれたら痛いことってあるだろう？」

警官は言いながら、いきなり大夏の両肩をバシンと叩いた。

「痛ッ！」

「ね？　痛いだろう？」

「こんなに強くはしてません」

「でも相手は女の子だからね。今のよりちょっと弱くても痛みは感じたんじゃないかな？」

「……」

「どう？」

「そうですね。痛みは感じたかもしれないです」

「だよね。ていうことは、相手の女の子はそのとき『殴られた』と思ったかもしれないよね」

「え？」

「男が大声で追いかけてきて、勢い良く手がぶつかって、それで痛みを感じたら、それはもうその子にとっては〝殴られた〟ってことに限りなく近いよね」

「ちょっと待ってください！」

「だから何を待つんだよ！」

「掴むと殴るじゃ全然違います。俺、本当に殴ってはいないんです！」

「ああ、そうかい。俺がここまで優しく話を聞いてやってるのに、おまえは反省ひとつせずに全部台無しにしようっていうんだな？」

「そ、そ、そんなことはないです。反省はしています」

「どう反省してるんだよ。あん？」

「……」

「ああん？」

「……」

警官はとにかく大夏に『女の子を殴りました』と言わせようとし、大夏は『肩は摑んだけれど殴ってはいない』と主張し続けた。主張しながら、大夏は必死に取調室の中を観察した。取り調べの様子がビデオ録画されているかどうか確認したかったのだ。が、それらしき機材を見つけることができなかった。このような会話がさらに二時間ほど続いたあと、ついに大夏の心は折れた。

「私、広中大夏は、自分としては殴るつもりは無かったけれど、結果的にそう相手の女性に受け取られても仕方がないような乱暴な行為をしてしまいました。心から反省し、以後二度とこのような行為をしないことを誓います」

そう紙に書かされて拇印《ぼいん》を押させられた。警官はその調書に満足し、次に「身元引受人は誰か？」という質問になった。大夏がまだ独身で、家族は母と姉で、ふたりとも岐阜に住んでいると話すと、警官は鼻を鳴らした。

「女の子を殴るような男が結婚できるわけないものな。お母さんもお姉さんも、ご近所でさぞかし肩身が狭いだろうね」

そんな嫌味を言われたが、その頃にはもう何かを言い返す気力は大夏に残っていなかった。

「じゃ、その岐阜の実家の電話番号を教えて」

「あの……母はちょっと認知症が始まっているので、電話で会話とか、身元引受人とか、ちょっと難しいと思います」

「あ、そう。でも、その家にはお姉さんもいるんでしょ？」

「姉はこの時間は仕事中なんで家にいないと思います」

「は？　今、夜の十一時だよ？」

「それに、姉は俺のこと大嫌いなんで、身元引受人とか絶対になってくれないと思います」

「好きとか嫌いとか言っている場合じゃないんだよ。家族なんだろ？　とにかくそのお姉さんの連絡先を教えなさい！」

警官がまた声を少し荒らげた。とにかく短気な警官だった。大夏はすでにヘトヘトに疲れていたし、美桜との関係をこの目の前の警官に理解してもらうことは無理だと思ったので、

「じゃあ、姉の勤めてるお店に電話してみてください。この時間、スマホには出ないんで」

と言った。

「店？」

「はい。岐阜の柳ヶ瀬にある『グレイス』というクラブです」

警官が美桜に連絡を取りに席を外している間、大夏はその姉のことをあれこれ思い出してみていた。顔はお世辞抜きで美しい。大きな瞳。高く、スッと通った端正な鼻筋。程良くぽってりとセクシーな唇。白くきめ細かい肌。ほっそりと長いうなじ。それらがバランス良く配置されていて、もし美桜が芸能人になっていたなら、『世界の美しい顔100人』にきっと入っていただろう。それに反して、性格は問題が山盛りだ。頑固と短気のハイブリッド・ツイン・エンジンを搭載していて、些細なことでそれが激怒のレッドゾーンまで踏み込まれる。中学高校時代、美桜は自分に向けて卑猥《ひわい》な冗談を言った男の鼻骨を三回も折った。

美桜と会った最後の日、あの日のあのストレートもやばかった。

『何逃げてんだ、テメエ！　ちゃんと顔の真ん中で受け止めろ！』

美桜はそう怒鳴ったけれど、あれは避けなければ本当に骨が折れたと思う。以来、美桜とは会っていない。

一度だけ、母の琴子の様子を尋ねるＬＩＮＥを美桜に送ったが、返事は一行だけだった。

『クソ男。次に私の前に顔を見せたらその鼻折るからな』

これが、美桜とした最後のやりとりだ。

『クソ男。次に私の前に顔を見せたらその鼻折るからな』
『クソ男。次に私の前に顔を見せたらその鼻折るからな』
『クソ男。次に私の前に顔を見せたらその鼻折るからな』

延々と美桜の言葉を脳内で無限ループさせていると、すぐに先ほどの警官が取調室に戻ってきた。なぜか顔に薄ら笑いを浮かべて。

「面白いお姉さんだね」

それが警官の第一声だった。そしてメモ用紙を取り出すと、美桜からの伝言を一語一句正確に伝えた。

「『テメエでやったことの責任はテメエで取れ、クソ男。おまえは広中家の恥だ。おまえなんか死ねばいいのに。そのまま一生ブタ箱で正座して反省しろ。以上！』とのことだったよ」

「……」

予想通りの回答だった。が、それでは事態が改善しない。身元引受人が見つからないと、このまま留置場行きでしばらく家には帰れないと警官は言う。

「そういえば、君、お父さんは？」

「父は離婚して蒸発しました」

「親戚は？」

「父も母も、親戚付き合いは面倒臭いってタイプだったんで、誰の連絡先も知りません」

「職場の上司は？」

「今の職場、俺、ひとりなんです。上司も同僚もいないんです」

「友達は？」

「友達、ですか？」

「そう。身元のちゃんと証明できる友達」

メリッサとレイチェルの顔が最初に思い浮かんだが、彼女たちは外国籍で、こういう場合に身元引受人になれるのかは良くわからなかった。女子大小路で知り合った友人たちはみな、今が一番仕事が忙しい時間帯なので電話は通じないだろう。タマミヤ時代の上司である三宅は今は本社勤務だろうから繋がるかもしれない。連絡をするのは二年ぶりだが、緊急事態ということできっと許してくれるだろう。そう思って彼の連絡先を警官に伝えた。警官は部屋の外に行き、またすぐに戻ってきた。またしても顔に薄ら笑いを浮かべて。

「三宅くん？　とっても気持ちの良い青年だったよ」

そう警官は言った。

「『無断で仕事バックレといて今更何言ってんだ。ふざけるな』……それが三宅くんからの伝言だ」

「……」

結局、その日大夏の身元引受人は見つからなかった。

人生初の取調室に続き人生初の留置場に入る。

「自業自得って言葉の意味をここで良く考えるんだな」

最後にそう警官に言われた。留置場の個室は畳二枚より若干広く、床にはカーペットが敷かれていた。隅には畳んだ布団。やけに冷たそうに見える洋式便器。あれを使って大をするくらいなら便秘で死ぬほうがマシだと思った。

『テメエでやったことの責任はテメエで取れ。一生ブタ箱で正座して反省しろ』

直接聞いたわけではないのに、美桜の声がリアルに耳元に響く気がした。

でも……そう、でも。

大夏は何も悪いことはしていないのだ。

麻実子のことを心配し、その友人らしき女の誤解を解こうとしただけだ。

悪いのは、勘違いをした上に、問答無用でパンチを喰らわせてきたあの刑事だ。

そんなことを思いながら大夏は布団に寝転がった。

(きっと眠れないだろうな)

そう思ったが、目を瞑《つむ》って五分で大夏は寝た。それが、その日、大夏の身に起きたことで唯一の救いだった。


「広中大夏君!」

そう声をかけられて目を覚ました。見慣れない天井に驚いて飛び起きると、鉄格子の向こうに警官が立っていた。昨夜とは別の警官だった。

「布団を畳んだらそこを出なさい」

大夏は慌てて布団を畳む。外から扉を開けてもらう。留置場を出るとそのまま警察署のエントランスへ連れていかれた。と、そこには、高崎順三郎が立っていた。タペンスのオーナーだ。

「高崎さん!　来てくれたんですか?」

昨夜は電話が繋がらず留守電だけを残しておいてもらったのだが、大夏は高崎には期待をしていなかった。情に厚い人には見えなかったし、逮捕を理由にクビと言われることのほうを大夏は心配していた。

「ふん」

高崎は鼻を鳴らすと、クルリと向きを変えて署の出口へと歩き出した。大夏は慌ててそのあとを追った。

「これは誤解なんです。俺、何にも悪いことしてないんです、それなのにたまたま酷い刑事が近くにいて、勝手に勘違いして、しかも暴力を……」

歩いていく高崎の背中に向かって大夏は必死に早口で弁解をした。彼は警察署の自動ドアを出てからようやく振り返った。

「誤解だろうがなんだろうが、そんなことはどうでもいいんです」

高崎は冷ややかな声でそう言った。

「私は警察が大嫌いなんだ。警察官も嫌いだし、警察署という建物も嫌いだし、『ケイサツ』という音の響きも嫌いだ。なので、次、私をこんなところに呼び出したら……それが誤解だろうが冤罪《えんざい》だろうが……即座に君をクビにするから」

言いながら、高崎は人差し指をスッと大夏の右の首筋に当てた。刃物を当てられたかのような恐怖を大夏は感じた。

「はい。わかりました。申し訳ありませんでした」

深々と大夏は頭を下げる。次に顔を上げたとき高崎はもういなかった。

ひとり残された大夏は、しばらくの間しょんぼりと警察署の前に立っていたが、やがて背中を丸め、うつむきながら女子大小路に向かって歩き始めた。中署前の歩道は濡れて黒光りしている。どうやら大夏が留置場に入っている間に外の世界では雨が降っていたようだ。今朝は太陽も出ていて外はまぁまぁの暖かさだった。濡れたアスファルトの上で銀色に輝く朝の光は、大夏の寝不足の目に沁《し》みた。ここから大夏のアパートまで一キロくらいだろう。時刻は朝の八時になろうとしていた。

そういえば、昨夜は店の施錠もしていない。でも、まずは自分の部屋に一度帰りたかった。レジの小銭を盗られるならもう昨夜のうちに盗られているだろうし、昼間にあのビルの薄暗い階段を四階まで上がってくる人間などひとりもいない。そう決めつけて大夏は自分の部屋に帰ることにした。片側一車線の細い道を北に向かってとぼとぼと歩く。お揃いの白いマスクをつけた老夫婦が黒い犬を散歩させていた。他に歩いている人の姿はなかった。

アパートに着くと、大夏はそのまま自分のベッドに倒れ込んだ。泥のような疲労感。留置場でもきちんと寝たはずなのだが、大夏はそのまま寝入ってしまった。

目覚めたときには世界は夕方になろうとしていた。のろのろと起き上がりシャワーを浴びる。昨日ベランダにパンツとシャツを干していたことに気がつき、それらを取り込む。何か食べておこうと冷蔵庫を開けたが、中には発泡酒としなびたキャベツしかなかった。乱暴に冷蔵庫のドアを閉めて手近な服を着て外に出た。

職場であるタペンスまで徒歩五分。高速道路下の横断歩道を渡り、右手に池田公園を見ながら直進する。公園の終わる角を左に曲がると、すぐにタペンスの入ったペンシル・ビルがある。階段をいつもの倍の時間をかけて上る。

『ちょっと外出しています。冷蔵庫のビールでも勝手に飲んでいてください。』

四階についた大夏を迎えたのは、浮かれた文字で書かれた貼り紙だった。片側のテープがはがれ紙は斜めの状態でヒラヒラしていた。それを剥がしてクシャクシャに丸めながら店に入る。レジの現金は無事だった。店の掃除をする気にはなれない。昨夜は客が来なかったらしく汚れてもいない。ジャクリーヌ・デュプレのレコードをターン・テーブルにセットし、あとはただもう開店の十九時を待つ。普段は客の座るスツールに座り、いつもと逆方向からカウンターの上に頬杖をついてみる。そして昨夜のことをもう一度考えた。

(なぜ、麻美子はコメダに来なかったんだろう)

(なぜ、麻美子は友達に俺のことをストーカーだなんて言ったんだろう)

(なぜ、そんな誤解が起きたんだろう)

(いったい、俺の何が悪かったんだろう)

とそこで、まだ開店前の時間だというのに、店の入口のドアベルがカランカランと鳴った。振り向いた大夏は予想だにしない人物が入ってきたことに驚いた。

「あの……昨日は本当に、申し訳ありませんでした!!」

そう言っていきなり頭を下げたのは、昨夜、大夏の顔にコメダで水をかけて大夏の逮捕のきっかけを作った麻実子の友人という女だった。

# 7

「あの……昨日は本当に、申し訳ありませんでした!!」

いきなり彼女は叫ぶなり、深々と頭を下げた。そしてそのまま動かない。

「いろいろ訊きたいことはあるけど……とにかく、まずは顔を上げてよ」

仕方なく大夏はそう言った。

彼女は素直に顔を上げた。

繰り返しになるが、彼女の容姿は、小顔で、しかもそれぞれのパーツのバランスが素晴らしく、地味なのによく見ると可愛いという、大夏の好みのまさにどストライクだった。しかも、昨夜の彼女は最初からなぜか怒りモードだったが、今日は打って変わってしおらしい感じで、ちょっと緊張していて思わず守ってあげたくなる雰囲気に満ちていて、大夏の心は激しく揺れた。彼女は今日も地味な濃紺のパンツ・スーツ姿で、それもまた大夏にはポイントが高かった。

スーツ姿の女の子というのが大夏の身近にまったくいないせいもあるかもしれない。あるいは、美桜のような派手な美人で押し出しが強い女性を姉に持ったせいで、その逆のタイプ……地味、清楚、可愛い……という女性を求めるようになったのかもしれない。

彼女は顔を上げると再び話し始めた。

「実はあのあと麻実子と話をしたんです。ストーカー行為はやめろってガツンと言ってきたからねって。そしたら麻実子のリアクションがなんか変で……」

「は？」

「変っていうか、急にソワソワしだして、水をかけたのはやりすぎだとか、警察が出てきたのはまずいよとか言い出して。で、ちょっと待って、ストーカーなんだよね？　もしかしたらその男に殺されるかもとか言ってたじゃんって問い詰めたら――」

「え？　麻実子、俺のことそんな風に言ってたの？」

「はい。だから私、友達としてあの子のこと守らなきゃって思って。なのに麻実子、急に『ごめん。実は私、嘘ついてた』とか言い出して」

その後の彼女の説明を要約するとこうだ。

・麻実子は新しい男ができたから古い男と別れたいと思った。
・でも古い男はバカで、『あなたとはただの遊びなの』というサインに全然気がついてくれない。

・その上、古い男は押しが強い。そして自分は押しに弱い女だ。
・直接会ったりすると、なんだかんだまたヤってしまって、その上次のデートの約束までさせられそうだ。
・なので、気の強い性格の友達に代理で別れ話をしてくれと頼んだ。
・そのとき弾みで少し話を盛ってしまい、古い男がストーカー化して困っているという話になってしまった。

大夏には、それらすべてが何とリアクションしていいかわからない話ばかりで、終始「はあ⤴」と「はあ⤵」しか口にすることができなかった。そして、目の前でそれを説明している女性があまりにも好みなので、麻実子に対しての怒りの感情はそれほど大きくは膨らまなかった。


彼女は大夏に一通りの説明をすると、最後に、

「なので、もしよかったら、あなたも私の顔に水をぶっかけてください」

と言いながら、大夏のすぐ近くまで歩み寄った。

「それでも気がすまなかったら、一発殴ってくださってもOKです」

そう言って、やや下めの至近距離から真っ直ぐに大夏のことを見つめてくる。

(な、なんて可愛いんだ!)

もうそのときには、大夏にとっての特別な女性は、麻実子から彼女＝加納秋穂《かのうあきほ》に変わっていた。

「もういいよ。こうやって謝りにきてくれただけで、俺はもう別に」

そう大夏が努めて男らしく言おうとしたのと、彼女が「あ！」と大声を出したのがほぼ同時だった。

「？　今度は何？」

「私、忘れてきちゃいました。何かお詫びの品って思って、ピエール・プレシュウズのガトージャポネ買ったのに」

「はい？」

ピエール・プレシュウズのガトージャポネは、フワフワのシフォンの上にクリームがたっぷりかかっている、それはそれは美味なショートケーキなのだという。彼女はそれを一度取りに帰るという。「そこまでしなくて良いよ」と大夏は何度も言ったのだが、彼女も「せっかく買ったし」「生なので日持ちしないし」などと譲らず、「でも、夜の繁華街を女の子がひとりで歩くのは俺はあんまりオススメしないよ」とまた大夏が言い、結局、店に貼り紙をして、大夏も彼女と一緒にそのケーキを取りにいくという話になった。

『ちょっと外出しています。冷蔵庫のビールでも勝手に飲んでいてください。』

昨日の紙は捨ててしまったので、まったく同じ文章を新しく書いてドアに貼る。そして店から徒歩で十五分くらいの老松《おいまつ》公園というところまでふたりは歩き始めた。その公園の近くに彼女の家はあり、その家の冷蔵庫にケーキはあるのだという。

「名前、訊いてもいい？」

「……秋穂です。加納秋穂」

「へぇえ。秋穂ちゃんっていうんだ」

それからふたりは老松公園まで良い雰囲気で話をした。ちなみに秋穂がいつも地味なスーツを着ているのは、彼女がお堅い公務員だかららしい。

「へぇえ、秋穂ちゃんは公務員なんだ。区役所とかで働いてるの？　あ、もしかして県庁のほう？」

「残念。どっちでもないです。公務員にもいろんな仕事があるんです」

「へぇえ」

「私の場合は、そうですね……いろんなお家に自分から足を運んで、『どうですか？　問題は起きていませんか？　何かあったらいつでも相談してくださいねー』って、住民のみなさんにアナウンスする感じの仕事です」

「へぇえ。素敵な仕事だね！」

そんな会話をした。それから趣味の話や好きな映画や音楽の話、休日は何をしているのかみたいな話もした。

「私、最近はアニメにハマってるんです。ストーリーも素晴らしいし、絵もすごく綺麗だし、だから私、休日は朝からずーっとアニメ観てたりします」

「へぇえ。良いなあ。俺、テレビ持ってないからなあ」

「わ、そうなんですか？　お仲間ですね！」

「え？　秋穂ちゃんもテレビ持ってないの？」

「私、悲しいニュースとかなるべく観たくないから、配信で、自分が楽しいなって思えるものだけを観たいんです。なので最近は、防水のスマホ持って半身浴しながらアニメを配信で一気観するのがマイ・ブームです」

「へええ。それ、すっごくリラックスできそうだね」

他愛《たあい》もない会話だったがとても楽しかった。

東栄通をひたすら南に。池田公園を離れるに従い店のネオンは減り、道の両側がマンションや一軒家に変わっていく。若宮《わかみや》大通にぶつかりそれを渡る。左手に小学校を見ながらさらに進むと、その先に老松公園が見えてきた。

と、そのときだった。

公園と小学校の間の細い路地から一台の車が飛び出してきた。猛スピードで角を膨らむように曲がってきたその黒い大型車は、大夏と秋穂にあわやぶつかりそうになった。

大夏は秋穂の腕をとっさに引っ張って彼女を庇いながら、走り去るその車に、

「危ねーぞ！」

と怒鳴った。が、その声はおそらく運転者には届かなかっただろう。車はスピードをまったく緩めることなく走り去った。

「なんだよ、今の。見た？　運転してた男」

「……」

「夜なのにサングラスはしてるわ。マスクもしてるわ。手には白い手袋してるわ。どんな変

態？　完全に頭おかしいよ」

大夏がまくし立てる。

「世の中、変な人が多くて怖いですよね。大夏さんに送ってもらって良かったかも」

秋穂は小さな声で言った。そのときの秋穂の表情がたまらないほど可愛く、それで大夏の中の暴走車への怒りはあっという間に消えてしまった。そういえば秋穂に名前を教えてもらったときに、『俺のことは大夏って呼んで』と言っていたのだが、実際に今のように『大夏さん』と名前で呼ばれるととてもくすぐったく、それでいてハッピーな気持ちが溢れてきた。

（ありがとう、暴走車！　おまえのおかげで俺たち距離が縮んだかも！）

そんな風にすら思った。


やってきた老松公園は小学校のすぐ隣りにある。昼間にはそれなりに人もいるのだが日没後の今は無人だった。

「ちょっとここで待っててもらえます？　ケーキ取って、すぐに戻ってくるんで！」

秋穂はそう言って小走りで去った。

（そりゃ、知り合ったばかりの男に自分の家を完全に教えちゃうのはまずいもんね）

そんなことを思う。待つといってもほんの数分のことだ。あまりにも秋穂が可愛いので、待つという行為すら大夏に幸せを感じさせた。そして大夏は、その幸せを誰かに語り倒したいと思った。たとえば、メリッサとレイチェル。

『バカだな、オマエ。男は、カネ、メイヨ、将来性！』

『オマエ、ひとつも持ってナイ』

『オマエには何もナイ。何もナイの極み』

（言いたい放題言いやがって！　でも大丈夫。女の子がみんなみんな、金とか将来性とか、そういう打算で男を選ぶわけじゃないんだ。ちゃんと、内面とか、人柄とかで判断してくれる子もいるんだ！）

あとで思い返せば、秋穂はこの時点では別に大夏に恋愛感情を持っていたわけではなかったし、大夏の内面や人柄を評価していたわけでもなかったのだが、なぜか大夏の中ではそういうイメージになっていた。

（まったく、あいつらこそバカだよ。あいつらは男のホントの価値ってもんがわかってないんだ。そりゃ、俺の良さに気がつかない女の子はいるよ？　だけど秋穂ちゃんみたいにちゃんとわかってくれる子だっているんだ。あ、もしかしてもしかして、メリッサとレイチェルは、今まで碌《ろく》な男と出会ってないから人間不信になっちゃってるんじゃないかな？　でもって俺と秋穂ちゃんがこのまま仲良くなって付き合うとかになったら、それがあいつらが本当の愛とは何かを考え直すきっかけになったりして！　そしてそのせいで性格がグッと良くなって、その結果、誠実で愛に溢れた男とついに出会えたりして！　それでそれで、『ダイキのおかげ！　ありがとう！』って、泣きながら結婚式に呼ばれたりして！　そういうの最高だな。俺、披露宴には秋穂ちゃんと一緒に出席したいな！）

止めどなく妄想は広がる。久しぶりにブランコに乗り、そして飛び降り、さらにスキップもしてみる。昨夜降った雨のせいか、地面の土が少し柔らかくなっている場所もあったが気にはしなかった。老松公園の中を大きく円を描くようにスキップをし、それから公園の中央にある大型遊具に腰を下ろした。青いすべり台がふたつと緑のすべり台がひとつ、合体して大きな城みたいになっている。青いすべり台の上にはふたつを繋ぐように三角の屋根があり、緑色のすべり台の上には半透明のドームがくっついている。

（そろそろかな、秋穂ちゃん）

そう思ってキョロキョロと辺りを見回す。

そして気づいた。自分が今座っている大型の遊具。その遊具上部の半透明のドームの中に、小さな子どもがひとりじっと座っている。長い髪。女の子のようだ。うつむいていてまったく動かない。

（こんな遅い時間に女の子がひとり？）

大夏はその子に声をかけた。

「ねぇ。大丈夫？」

女の子は返事をしない。大夏は遊具によじ登りその子を揺り起こそうとした。

「こんな所で寝てると風邪ひくよ？」

しかし女の子は起きなかった。それどころか、大夏が軽く触っただけでズルズルと崩れるように倒れ、小さな頭を下側にしたまま滑り台の斜面を地面まで滑り落ちた。

「え……」

地面に当たって、女の子の顔の向きが大夏のほうに変わった。薄っすらと化粧をした顔。閉じられていた瞼《まぶた》が今の落下の衝撃で少しだけ開く。そしてそのまま止まる。瞬《まばた》きはない。その奥の瞳に光もない。そして、鼻の下とピンクのリップグロスの塗られた半開きの口の周囲は肌がかなり荒れていて、少し乾いた血の跡のようなものまであった。

(え？　し、死んでるの？)

大夏の脳裏を最初に過《よ》ぎったのはさっきの暴走車だった。夜なのにサングラス。マスク。そして白い手袋。

(まさか……嘘だろ……)

大夏は、慌てて遊具の上から飛び降りた。

運命の日。

「思い返せば、あの日が運命の分かれ道だったんだなあ……」

そう思い当たる一日が殺人犯のほうにもあった。

自分が人を殺すようになったのは、元をたどっていけばあの日が始まりだったのだと。

夏だった。

暑さで頭が変になりそうな日曜日の正午。

毒親《どくおや》一号が自分を呼びつけて言った。

「お父さんとお母さんは離婚をすることになったの。おまえはこれからどっちと暮らしたい？」

毒親二号もその場にいた。

「親がふたり。子どももふたり。だからこれからは、片方がお父さんと、もう片方がお母さんと暮らすのが良いと思うんだ」

何を言われているのかよくわからなかった。

なぜ毒親の都合で子どもがバラバラにならなければならないのか。どっちの毒親と暮らすにせよ、いや、そりゃどっちの毒親がマシかは考えるまでもなかったけれど、どっちにしてもきょうだいは一緒ってことにしてほしかった。

なので、自分は黙っていた。

それが失敗だった。
もう取り返しのつかない、大きな大きな失敗だった。

02
scene
Detective
of
Joshidaikoji

# 1

小さな色白の足指の先だけがかろうじて漆黒のマントの先から見えていた。そのマントは彼女の身長で着るには長過ぎる。が、アニメーションのキャラクターが着ているマントと同じ円《えん》錐形《すいけい》のフォルムにするためには、どうしてもこの長さが必要だった。

マントの下に着ている細身の藍《あい》色のズボンはまったく見えない。原作では脛《すね》の下十センチほどは見えているのでここもダメだ。

その上を見る。

金ボタンの付いた深紅のベスト。細かな刺繍《ししゅう》の出来は完璧だ。その下には大きなタイのついた白いゴシック調のシャツ。生地に入った淡い模様まで完璧だ。つまり、衣装制作的には完璧なのだが、それを着ている自分の身長に問題があるということだ。杉の古材をフレームにした全身鏡に映る自分を見ながら、吸血鬼姿の少女は小さくため息をついた。彼女は、小学校の同級生たちの中では、比較的長身で大人びた見た目だったが、それでも『都羽紗《つばさ》』になり切るには身長が足りなかった。

佐野《さの》あすか。

十一歳。

名古屋市中区新栄町《しんさかえまち》にある一軒家で父親とふたりで暮らしている。

母親は四年半前、あすかがまだ七歳のときに事故で死んだ。

そんな彼女が今一番夢中になっているのが『死ねないガール美弥火』というヴァンパイアが主人公のアニメであり、その登場人物のコスプレだ。ただ、あすかが憧れてコスプレによってなり切ろうと頑張っているのは、ヒロインの美弥火ではない。美弥火の兄の都羽紗だ。長身で格好良く、家族想いで優しく、どんなことがあっても美弥火を裏切らない。しかも彼は人の血をただ吸うだけではなく、自分の血を相手に流し込むことで相手をヴァンパイアとして生まれ変わらせる力も持っている。相手をヴァンパイアにするというのは、イコール家族を増やせるということだ。

主人公の恋心に気がついた兄は彼女にこんな台詞を言う。

『美弥火。誰かを好きになることは決して悪いことじゃない。でもぼくたちヴァンパイアは、人間よりずっとずっと慎重に家族を選ばなければいけないんだ。人間はたかだか数年で家族を裏切るような連中だけれど、ぼくたちヴァンパイアは、一度家族になったら数千年の時をともに助け合って歩むんだからね』

あすかはこのシーンが大好きだった。ここのシーンだけでも三十回以上繰り返し観た。同級生たちはみんな、美弥火と美弥火が恋する同級生の男の子・祥太郎のキャラクター人形をバッグからぶら下げているが、あすかは都羽紗と美弥火にしていた。

☆

あすかの父である佐野享吾《きょうご》は新名神高速道路《しんめいしん》の四日市《よっかいち》ＪＣＴを抜け、東名阪道《ひがしめいはんどう》を名古屋方面へと車を走らせていた。横の車線にいた白いワンボックス・カーが急に加速して前に割り込んでくる。ウインカーを出すタイミングが遅い。享吾は舌打ちをしながらちょっと強めにブレーキを踏んだ。独りで運転をしていたなら派手にクラクションを鳴らしただろう。

「事故はやめてよね。絶対」

助手席に座っている女が言う。

「今日、運転荒いわよ。何にイライラしてるの？」

「いや、別にイライラなんかしてませんよ」

享吾はほんの一瞬だけ助手席に視線を送ってから、努めて静かな声で答えた。

「それに、今のはぼくじゃなくてあっちの車が悪いんです」

「どっちが悪いとかそんなのはどうでも良いの。とにかく事故はやめてよね。もうすぐまた選挙なんだから」

確かに今のブレーキの踏み方は少し乱暴だったかもしれない。機嫌が悪い自覚はある。しかし、それについては助手席の女にも責任はあるのだ。享吾は左手の人差し指でハンドルをトントンと小刻みに叩く。オフホワイトの革の手袋。子羊の革が驚くほど柔らかい。かなり高価なものなのだと思うが、後援会の奥様会の会長からプレゼントされた品なので値段はわからない。

佐野享吾と助手席の浮田麗子《れいこ》は、三重県菰野町という名古屋から車で一時間弱の場所にある『A』という複合温泉リゾートからの帰り道だった。〝癒やし〟と〝食〟をテーマに、八年ほど前に大々的にオープンした『A』は、湯の山の良質な源泉と開放感溢れる広大な敷地、さらに有名料理人がプロデュースした飲食店とが相まって、オープン当初から大人気となっていた。享吾と麗子はその『A』にもう何年も、三ヶ月に一度くらいのペースで通っている。この『A』には、通常の宿泊棟とは別に独立した四棟の離れがあって、そこはフロントを通らず直接チェックインができるのだ。一棟ごとに異なるデザイナーが国産木材をふんだんに使って贅《ぜい》を尽くした空間を演出している。それぞれに専用の露天風呂があり、源泉百パーセントのかけ流しの湯を好きなだけ堪能できる。交際を秘密にする必要のあるわけありのカップルにとっては絶好の逢瀬《おうせ》の場所だった。

「で、どっち系が原因なの？」

スマホをいじりながら麗子が尋ねる。

「私の夫系？　それともあんたの家庭の問題系？」

「何がですか？」

「だから享吾のイライラの原因よ。まさか泊まりの予定が急に日帰りになったことを拗ねてるわけじゃないでしょ？」

「麗子さん。ぼくのことは下の名前で呼ばないでください。どこで誰が聞き耳立ててるかわからないんですから」

「何よ。この車に盗聴器でも仕掛けられてるの？」

「そうじゃなくて、言葉遣いってやつは、普段から意識してないと思わぬ場所で出ちゃうことがあるものなんです」

「前から思ってたけど、享吾って気が小さいのね」

「気が小さいんじゃないです。慎重なんです」

「ま、私だってバレたいわけじゃないんだから、慎重は大歓迎よ」

「そうですよ。特に今は選挙前なんですから。ところで降ろすのは名駅《めいえき》の太閤口《たいこうぐち》で良いですか？」


佐野享吾は政治家の秘書だ。

彼が支えているのは、浮田一臣という愛知県の県会議員である。それも県議会の最大派閥の長という実力者だった。そして今、助手席に座っている女はその浮田一臣の妻だ。ふたりの関係が表沙汰になったら……それはもう大変なスキャンダルになるだろう。

☆

玄関から父の革靴をひと組持ってくる。

靴裏を雑巾で拭いて床にも新聞紙を敷く。

享吾の革靴は実はすべてシークレット・ブーツだ。長身の秘書のほうがアイドルを推《お》すように後援会の女性たちにウケが良いのだそうだ。享吾の顔はとても整っていたので、シークレット・ブーツで身長を十センチ近く誤魔化すと、とても魅力的な外観になるのは事実だった。

履くと円錐形のマントの下から足首が出た。藍色のズボンの裾も見えた。靴の色合いが都羽紗の履くものとは異なるが、それは彼に……理人《りひと》にもう一度塗ってもらえば何とかなる気がする。最初のブーツは完璧だった。小さな傷や使い込まれた革の変色具合まで完璧に再現されていて、あすかは心から感動したのだった。なのに『死ねないガール美弥火』はシーズン2で監督が代わり、制作会社が変わり、そのせいでキャラクターたちの細部のデザインがいくつか変更になってしまった。都羽紗のブーツもそのひとつだ。色も質感も変わってしまった。光の当たり方によって、黒く見えるときもあれば深い緑色に見えることもある。あれを再現するのは理人でなければ無理だ。そうあすかは思っていた。

ベッドの上に放り投げたままだった黒い小さなポシェットから、ピンクのカバーに七色のストーンをデコったスマホを取り出す。

理人。りひと。リヒト。

あすかが唯一心を許している男の子。細くて長くて白いとても美しい指の持ち主で、あすかの知るどんな女の子よりも細部まで緻密な衣装を作ってくれる。家の住所を入力し、次のコスプレのイベントの打ち合わせをしたいからすぐに来てほしいと打った。そして最後に、『この前はゴメンね……』と付け加えて送信した。

と、送信ボタンをタップしたのとほぼ同時に玄関の呼び鈴が鳴った。

「え?」

あのクソ男は今夜は泊りがけの出張だと言っていた。あすかは父親のスマホのロックを解除する暗証番号を盗み見て知っている。出張は嘘で、宿泊先は三重県の菰野町の『A』のはずだ。だからこそ安心して、こうやってフィッティングをしていたというのに。そして、理人に『来て』とLINEをしたのに。

あすかが立ち尽くしていると、鍵がガチャガチャと外から開けられる音が聞こえてきた。

「あすか! いないのか! あすか!」

玄関のドアが開くなり怒鳴る声がする。慌てて父のシークレット・ブーツを脱ぎ、そして都羽紗のマントも脱ぐ。が、それらを片付けるより、父親がドスドスと不機嫌そうな足音を立てながら階段を上がり、二階の彼女の部屋のドアを開けるほうが早かった。

「なんだ。いるじゃないか。いるのに何で返事をしないんだ!」

享吾があすかを睨みつける。

「今夜は泊まりじゃなかったの？」

あすかも享吾を睨む。

「浮田先生の予定が変わったんだ！　それよりその変な服はなんだ。まだくだらないアニメに金を使ってるのか？　コスプレなんて頭のおかしな連中がやるもんだ！　変な服は全部捨てろ！」

そう言いながら享吾は床にある都羽紗のマントを足蹴《あしげ》にした。

「先生の予定じゃないでしょ。先生の奥さんの予定が変わったんでしょ」

そう冷たい笑みを浮かべながらあすかは言った。

「な、なんだと？」

「行き先も知ってるよ。『A』でしょ。そこで先生の奥さんとどんなイヤラシイことをしてるの？　天国のママに恥ずかしくないの？」

「おまえ、何を言ってるんだ？」

「誤魔化そうとしても無理だよ。私、パパのスマホ見たんだから。私、全部知ってるんだから！」

「！」

あすかは勇気を出して父親のほうに一歩近づいた。そして死んだ母親の分まで彼への憎しみを込めて言った。

「私、パパの不倫のこと、全部ネットに書いちゃおうかな」

怒りに震える父親が拳を振り上げるのが見える。

だが、言いたいことをストレートに言えてあすかは気分が良かった。

## 2

愛知県警中警察署の大会議室では、その日二度目の捜査会議が行われていた。

入口には大きな文字の書かれた紙が貼られている。

『名古屋市中区小四少女殺人事件　―特別捜査本部―』

一度目は朝の八時から。二度目の今は夜の十九時から。まだ始まって十五分ほどだというのに、会議は早くも終わりが近い雰囲気になっていた。有益な情報、捜査をグイッと前に進めてくれそうな新たな手がかり、そうしたものがひとつも出てこないからだ。集結した四十名ほどの捜査員たちの表情は一様に暗かった。

「広小路《ひろこうじ》桑名町《くわなちょう》一帯の防犯カメラ及び訊き込みからは、今のところ犯人に繋がる有用な情報はありません」

緒賀の二列手前に座っている刑事が簡潔な報告をする。会議室の前方右手のホワイトボード上の地図に、三枝《さえぐさ》という本部長が自ら×印をつける。山浦瑠香の遺体が発見された千早公園を中心に、大量の×印が円形を作っている。

「ローラー作戦の半径をさらに広げよう」

三枝が淡々と言う。

「いろんな意味で急がなければならないからな」

捜査員たちは沈黙したままだった。

急がなければいけないということには、緒賀も、他の捜査員たちも百パーセント同意である。犯罪行為というのはエスカレートしていくのが常だ。すでに性的な悪戯《いたずら》目的の拉致が殺人にまで至っている。早く犯人を逮捕しないと第二、第三の殺人が起きてもおかしくない。

それにマスコミ。彼らは無責任に人の恐怖心を煽り、怒りを煽り、とにかく世の中を騒がせることで金を儲けようとする連中だ。そのマスコミのターゲットに現在選ばれているのが愛知県警だ。連日、愛知県警の無能と怠慢《たいまん》について彼らは書き立て、無垢《むく》な市民は徐々にそれに洗脳されつつある。警察というものへの信頼をこれ以上損ねないためにも、事件の迅速な解決が必要だ。

だが、緒賀は眉間の皺を深くした。

（人手が足りない……）

捜査員全員が同じことを思っている。半径を倍にするということは、捜査員たちが歩き回る面積は四倍になる。人員数が変わらなければ、捜査の精度が四分の一になるか、あるいは時間が四倍かかる。簡単な算数だ。

会議室左手のドアがノックもなしにいきなり勢いよく開かれた。

「会議中に申し訳ありません！」

入ってきたのは制服姿の若い警官だった。顔色が真っ青で額に冷や汗のようなものが滲んでいる。その彼を見た瞬間、緒賀も、他の捜査員たちも、最悪の事態発生の予想をした。そしてその予想は、残念なことに当たっていた。

制服姿の若い警官は今にも泣きそうな声で、捜査本部にいる全員に告げた。

「先ほど老松公園で少女の死体が発見されました。遺体の状況から見て他殺で間違いないそうです」

「！」

☆

「ちょっとここで待っててもらえます？　ケーキ、すぐに取って戻ってくるんで！」

そう言って、加納秋穂は自分のマンションに向かった。老松公園から秋穂の住むマンションまではおよそ二百メートル。両親が離婚してから自分が大学を卒業するまでの七年間、秋穂は尾張《おわり》一宮《いちのみや》で父親とふたり暮らしだったが、就職を機に念願のひとり暮らしを始めていた。四階建てマンションの三階。南向きで陽当たりの良い１Ｋ。マンションのエントランスがオートロックになっているのと、たまに平日に代休を取ると、近くの小学校から子どもたちの遊ぶ声が聞こえてくるのが、秋穂にとってこのマンションのプラス・ポイントだった。

狭い玄関に入って黒のロー・ヒールを脱ぐ。真っ直ぐキッチンへ。容量百十リットルのひとり暮らし向け冷蔵庫のドアを開けると、飲みかけの牛乳パックと使いかけの千切りキャベツのジップロックと一緒に、大きめの白いケーキの箱がドンと置かれている。取り出して中を覗く。白い生クリームの上に、カラフルなフルーツたちがテーマパークのアトラクションのような風情で載っかっている。すぐにまた蓋を閉め、それをピエール・プレシュウズの青い紙袋に斜めにならないよう注意深く入れた。

とそこで、遠くからパトカーのサイレンが聞こえてきた。どんどんと秋穂のマンション方面に近づいてきて、やがてすぐ近くで止まった。靴を履いてエレベーター・ホールに戻る。一階まで降り、エントランスから外に出たところで、同じマンションの二部屋隣りに住んでいる三輪《みわ》由香里《ゆかり》とバッタリ会った。彼女はまだ一歳になっていない娘を抱っこ紐で胸の前に抱え、肩からは大きなカバンを下げていた。

「由香里さん、サイレンが鳴ってましたけど何かあったんですか？」

秋穂がそう訊《たず》ねると、由香里は大きく顔を顰めて言った。

「老松公園で女の子が倒れてたみたい」

「え？」

「可哀想に、もう死んでるっぽくて、近くにいた若い男が事情聴取されてた。怖いよね。救急車より先にパトカーが来たのも、どういうこと？　って感じ。とにかく娘に変なもの見せたくなくて慌てて帰ってきちゃった」

「若い男、ですか？」

「うん。これももしかしてあの事件の続きかしら。信じられない。高い税金払ってるのに、警察とか国とか、どうしてこんなに無能なのかしら。本当に信じられない」

そう言って、由香里はそそくさとマンションの中に入っていった。

（若い男が、事情聴取……）

それは大夏のことだろうか。秋穂はまだ大夏と連絡先を交換していなかった。ピエール・プレシュウズの青い紙袋を上に少し持ち上げ、揺れを少しでも吸収できるように空いている左手を紙袋の下側に当てる。そして公園のほうへ小走りで秋穂は向かった。

☆

運転席には小坂《こさか》という若い巡査が座った。緒賀は鶴松と一緒に後部座席へ。

「老松公園はここからだと目と鼻の先です。あっという間ですよ」

そう言いながら小坂は覆面パトカーを発進させる。

門を出てすぐのところで戻ってくるパトカー一台とすれ違った。そのパトカーは第一発見者だという若い男を乗せているらしい。

「本当にただの発見者ですかね」

鶴松が独り言のようにつぶやき、続けた。

「パトロール中の警官が見つけたとき、死んだ女の子に馬乗りになっているような体勢だったらしいんですよね。本人は『生きてるのか死んでるのか確かめようとしただけだ』って主張してるみたいですけど」

「どうだろうね。『第一発見者を疑え』とはよく言われるけど、自分はそういう先入観はちょっと怖いと思ってるんだよね」

緒賀が答えると、鶴松は緒賀の顔を見て言った。

「なんでですか？」

「先入観っていうのは、視野を狭くするからね。フラットな気持ちで観察していたら気がついたはずの手がかりを、先入観のせいで見逃すのは嫌でしょう？」

「なるほど」

「特に、今回のように一刻も早く犯人を挙げないとってときほど、冷静になる必要があると思うんだ。早期逮捕はもちろん理想だけれど、焦ったせいで誤認逮捕なんかしてしまったら、それこそ酷いことになると思うよ」

「確かに確かに！　仰る通りですよ。ありがとうございます。勉強になります」

そんな会話をしているうちに、緒賀たちの乗る覆面パトカーはあっという間に老松公園に到着した。すでに到着していたパトカーが二台。緒賀たちの後ろからさらに二台。合計五台のパトカーが四方から夜の老松公園を取り囲んだ。被害者の少女は、まだ、中央の遊具の下でそのままの状態だという。

車を降りて現場に向かう。遺体の周囲を警官たちがブルー・シートで囲み、野次馬たちからの視線を遮っている。制服警官たちが鶴松の顔を見たあと、横にいる緒賀に視線を送る。

「東京の警視庁から人事交流で来てくれた緒賀警部です」

鶴松が紹介すると、みながさっと敬礼した。

「よろしくお願いします」

緒賀は敬礼を返しながら、ブルー・シートの内側にすべり込んだ。


少女は、パステル・ピンクのルーズネックの長袖のトップスに、下はゴシック調の藍色のズボンを履いていた。

(何だろう。上下がちぐはぐだな)

緒賀はまずそう思った。

遊具の真下の土は少し湿っており、パステル・ピンクのトップスにも、そして少女の素肌の左肩にも、べったりと黒い土が付いてしまっている。右腕は上へ、左腕は下に向かって折れ曲がっている。そして顔。小学生だと思うが化粧をしている。ファンデーション、アイライン、リップグロス、眉毛もきちんと描いている。しかし、鼻と口の周囲の肌が荒れていたし、乾いた血の跡もかすかにあるせいで、彼女が望んでいたであろう美しさは得られていない。

「絞殺ですね」

緒賀より先に来ていた鑑識係の男が、少女の蒼白い首をひと回りしている赤黒い索痕《さっこん》を指さしながら言った。

「そのようですね。何か身元を示す物は？」

「所持品は何もありません」

「何も？」

「はい。この子、何ひとつ持っていないんです」

「……」

化粧をして出かけるような女の子が所持品ゼロのわけがない。現場にないということは犯人が処分したということだろう。なぜ処分したのだろう。今までの被害者はみんな、所持品を盗られるという被害はなかった。

とそこで、別の刑事が緒賀と鶴松のところにやってきた。

「ちょっと気になるゲソ痕がありました」

「！」

それは少女が落ちた滑り台のちょうど反対側にあった。

「犯人、女の子の遺体を担いでこっち側から登ったんじゃないかと思うんです」

中尾《なかお》という刑事はそう言いながら、土の上にくっきりと残っている靴跡を指さした。

「ちょっと前まで雨が降ってたおかげですよ。これ、靴底の模様まできちんと見えます」

「これ、写真撮影は？」

「もう終わっています」

「そう。ありがとう」

緒賀はまだぬかるんでいる地面に屈み込み、それらの靴跡を近距離からじっと観察をした。よっぽどの巨漢か、あるいは重たい荷物を抱えていないとできないほどの深い足跡に見える。少女の遺体を担いでこの遊具を登る男のことを想像してみる。ありえるとは思う。が、そう決めつけるのは危険だと感じた。靴底の模様は、そのまま警察学校の教科書に採用したいくらい鮮明だった。市販されているシューズ・メーカーの靴底と片っ端から照合していけば、いずれは特定されるはずだ。

☆

同じ夜。時刻は少し進んで夜の二十三時。

美桜はいつもと同じように定刻ちょうどに仕事を上がった。更衣室で白いジャージの上下とジョギング・シューズに履き替える。

「毎晩毎晩、よく続くわね」

そう声がしたので振り向くと、チーママの萩原みさきが立っていた。

「ジョギングしながら帰るんでしょ？　美桜ちゃんちってここから二キロくらい？」

「そうなんですけど、二キロじゃ物足りないんで、長良川温泉のところの橋まで走ってからUターンして帰ってます」

「え？　美桜ちゃんちって、玉宮通《たまみやどお》りの先だよね？　真逆の方向やないの！」

「大好きなんです。長良の夜の川の音を聞くのが。それに逆方向って言っても全部で十キロくらいですよ」

「呆れるわー。飲んだあとに十キロも走るん？」

「スッキリしますよ。汗と一緒にアルコールが抜けて」

言いながらジョギング用のリュックを背負い、手に『逃げない水素水36』のペットボトルを持つ。ちなみに、このペットボトルを持っているだけで店の客からは何回もバカにされた。

『美桜ちゃん。水素っていうのはとっても小さな原子だから、普通のペットボトルだとあっという間に抜けてしまってただの水――』

（それを言うなら原子じゃなくて分子だろ。あと、水素が抜けるのはバブリング方式を使っているからであって、この『逃げない水素水は』……）

そう猛反論を始め、チーママのみさきから何度もたしなめられた。美桜も専門家ではなく、話の内容は常に畦地の授業の完全な受け売りだったので、いつも大人しく引き下がったが。

（あの人の話し方は素敵だったな）

そんなことを思い出す。

（いや、話し方じゃなくて声そのものかな）

そんなことを考える。

彼のことを考えると楽しい気分になり、同時に少し落ち込んだ。


店の前で軽くストレッチをして靴紐を締め直す。そして、金華橋通りを自宅とは反対の北方向へと走り出した。長良川沿いの遊歩道に出たら、真っ暗なので、リュックからヘッドライトを取り出しスイッチをオンにする。そのまま老舗旅館の十八楼へ。ここの露天風呂が美桜は好きだ。十八楼の前の橋まで来たらそこで一回休憩を入れる。水素水を飲み、ついでにスマホを取り出して畔地からメールが来ていないか確認する。

今夜もメールは来ていない。

(ま、私だって、お客様への返信はめっちゃ遅いしね……)

そう自分を慰めながらリュックにスマホをしまう。

そのとき、いつの間にか近くに来ていた車が「プップ」と控えめにクラクションを鳴らした。そして低速で美桜の目の前に来るとそのまま停まった。

運転席のパワー・ウインドウがスルスルと下がる。

「美桜ちゃん！　奇遇だね！」

見覚えのある丸い顔が現れた。弁護士の望月だった。

「先生？　なんでここに？」

「え？　そんなのもちろん偶然だよ。偶然、たまたま。でも、こんな真っ暗な中走るの怖くない？　白いジャージじゃなきゃ見つけられなかったよ。うん」

望月はそうニコニコと上機嫌に話す。

（偶然なわけあるか！　白いジャージって前もって情報知ってるじゃん！）

そう心の中で毒づく。

「そんなことよりさ、この車どう？　格好良くない？」

望月は真っ赤なダイハツ・タントに乗っていた。

「今日、納車だったんだ。美桜ちゃんのリュックに合わせて、車の色、赤にしてみた」

「ええと……先生、この前お店で、スポーツ・カー買ったって言ってませんでしたっけ。ドアが空に向かって開くやつ」

「ま・さ・か！　ないないない。これからの時代、ガブガブガソリン使ってリッター十キロも走れない車って、地球の敵だとボクは思ってるからね。ちなみにこの車はエコカー減税の対象だし、自動ブレーキは付いてるし、スマホ連携のコネクトサービスもあるんだ。これからの時代、介護の問題って避けて通れないから、簡単な仕様変更で福祉車両っぽくもなるのが最高だよね」

（おい、デブ。その台詞、全部この前、私が店で言ったまんまじゃんか！）

そう美桜は心の中で叫んだが口には出さなかった。と、望月はさらに上機嫌に、

「あとね。今日は美桜ちゃんにプレゼントがあるんだ」

と言いながら、大きな背中を丸めて助手席に置いてあるバッグの中をゴソゴソと探り始めた。

「ジャーン！　実はこれ、美桜ちゃん愛用の『足リラシート』の会社が今度出す新商品なんだよ。足の次は顔！　フェイスマスク！　じんわり温かくなって、化粧水？　そういうのの浸透率をグッと高めてくれて、しかも寝る前のリラックスにも効果抜群なんだって！　まだ情報解禁前なんだけど、わざわざ名古屋の本社まで行ってもらってきたんだ。美桜ちゃんを驚かせたくて！」

「はい。それはもう、すごく驚いてます」

露骨な待ち伏せにプレゼント攻撃。おまえは中学生かと言いたくなる気持ちをグッと抑えて美桜は大人な返事をした。確かに美桜は、ジョギングをしたあとには必ず『足リラシート』を土踏まずに貼って寝ている。だがそのことを店でお客さん相手に話したことはない。

（みさき姉さんだな。望月先生、みさき姉さんにいつも援護射撃頼んでるもんなあ）

とそのとき、美桜のスマホがリュックの中で鳴り始めた。

（メール？　畔地先生？　あ、この音は電話の着信？　え？　畔地先生からまさか電話？）

慌ててリュックからスマホを取り出す。

『着信：バカ弟』

画面を見たとたんガックリきた。こんな時間に大夏が私に何の用だ。無視しようと思ったが、望月をかわすいい口実になると思い直した。露骨にため息をつきながら美桜は電話に出た。

「もしもし」

と、電話の向こうから、今まで聞いたことがないような弱々しい弟の声が聞こえてきた。

「姉ちゃん……助けて」

「は？」

「俺、このままじゃ殺人犯にされちゃう……」

「は？」

「何にもしてないのに……刑事とか、みんな、すごく俺を責めてきて」

「は？　おまえ、今、どこにいるの？」

「警察。名古屋の」

「おまえ、昨日からずっと警察にいるの？」

「違う。一回釈放されて、家に帰って、職場行って、公園行って、そしたらそこに女の子の死体があって」

「死体!?」

「そうなんだよ。それでさ、姉ちゃん。姉ちゃんの知り合いに弁護士の先生とかいない？」

「え？」

美桜はスマホを耳に当てたまま真っ赤なダイハツ・タントのほうを振り返った。望月は美桜へのプレゼントを抱えたまま車を降り、幸せそうに月を見上げていた。太ってまん丸の望月の顔もまるで満月のようだ。美桜はしばし迷った。喧嘩だとかその程度のトラブルなら、美桜は大夏の頼みなどあっさり無視して電話を切っただろう。が、さすがに『殺人』『死体』と聞くと、このまま弟を見捨てることは躊躇われた。それでついに、美桜は意を決して望月に話しかけた。

「先生。この前、新車でドライブに行こうって誘ってくださったの、覚えてます？」

「ん？　それはもう、もちろん！　ぼくの車の助手席はいつだって美桜ちゃんのために空けてあるよ！」

弾むような声で望月が答える。美桜は珍しくおずおずとした声で望月に提案をしてみた。

「そのドライブなんですけど……今からっていうのはありですか？」

「え？」

☆

美桜と望月が名古屋市の中警察署に着いたとき、時刻は深夜〇時ちょうど、日付が変わるタイミングだった。深夜にもかかわらず中警察署はとてもざわついた雰囲気だった。望月が駐車場にダイハツ・タントを停めようとしたのとほぼ同じタイミングで、パトカー二台と車体の上に回るパトランプを置いている覆面パトカーが二台、中警察署に戻ってきた。殺気だった雰囲気で捜査員たちが車から降り、足早に署内に戻っていく。

（あれって、現場から戻ってきた人たちかしら）

そんなことを思いながら美桜は彼らを観察する。と、その中のひとりと目が合った。広い肩幅と分厚い大胸筋。顔付きは知性的だが眼光は鋭く、そしてどことなく悲しげな表情をしていた。

「……」

警察車両が全部入ったあとに望月は自分の車を駐車した。

「あー、もっとロマンチックな行き先が良かったなあ。シクシク」

幼児口調で聞こえよがしな独り言を言っている。

が、その望月の雰囲気は、警察署内に入った瞬間変わった。これが彼のビジネス・モードなのだろうか。スッと背筋が伸び、対応に出てきた警察官に、

「広中大夏さんとの面会を要求します。は？　彼は逮捕ではなく任意同行なんですよね？　警察官のくせに被疑者の権利を知らないいんですか？　そもそも令状が出てるわけじゃないですよね？　こちらは百パーセント善意であなた方の捜査に協力してるんですよ？　さあ、早く広中大夏さんと会わせてください。これ以上、時間稼ぎをするなら弁護士として正式な抗議を書面で提出しますがよろしいですか？」

などと、クリアな口調で詰め寄っている。

とりあえず美桜は深呼吸をすることにした。

(落ち着こう。大夏はバカでクズで親不孝の塊みたいな奴だけど、女の子に手を上げるような男じゃない。ましてや殺人なんて絶対にありえない……)

深く息を吸い、ゆっくりと吐く。と、中警察署のエントランスに新たにもうひとり男が現れた。当直の警察官が、望月の喋りを一度手で制す。

「どうされました？」

その男に向かって尋ねた。

「先ほど電話をした佐野といいます。小学生の娘がまだ家に帰ってこなくて……」

言いながら、男は両手の白い革の手袋を外す。対応の警察官の顔色がサッと変わった。

「少々お待ちくださいね」

警察官はそう言うと、内線電話を取り上げて少し声の音量を落として話し始めた。

「すみません。捜査本部の方、どなたかお願いできますか？」

やってきた男は『捜査本部』という単語に少し驚いた顔を見せる。そして警官が内線でボソボソと話している間、ずっと手にした手袋を落ち着かない雰囲気でいじっていた。

（もしかして、大夏が関係した事件の捜査本部だろうか）

そんなことを思って、美桜は少し離れた場所からじっとその男と警官を観察していた。しばらくすると、先ほど中警察署の駐車場で目が合った、ガタイの良い刑事が戻ってきた。やはり、無表情の裏側に悲痛な気持ちが隠されているような雰囲気だった。彼は白手袋の男に向かって話し始めた。

「愛知県警の緒賀と申します。お嬢さんがお帰りにならないこと、さぞご心配のことでしょう。早速ですが、お嬢さんの見た目や髪型などの特徴、もしおわかりになるようでしたら現在の服装などを教えていただけますか？」

緒賀が男の対応に出て一時間半後、公園から運ばれてきた少女の遺体への対面が行われた。男は遺体をひと目見るなり泣き崩れた。そして、

「娘です……私の娘です！」

と叫んだ。

☆

警察に無断で名古屋市の外に出ない。そういう条件付きで大夏がいったん釈放されたのは、事件翌日の朝の七時だった。

取調室から外の廊下に出ると、姉の美桜が腕組みをして立っていた。

彼女は大夏の姿を見ても、不機嫌そうに鼻をひとつ鳴らしただけだった。が、その代わり、美桜の横にいたトトロの猫バスをさらにメタボにしたような大男が、笑顔で大夏に手を振りながら言った。

「ごめんねー。捜査本部のお偉いさんがなかなかのわからず屋で、釈放、朝まで掛かっちゃった。あ、でもでも勘違いはしないでね。ぼくだからこそ、それでも釈放まで持っていけたんだよ。フツーはあと三日はここに閉じ込められて、刑事にある事ない事言わされて、いつの間にか変な調書にサインさせられて、殺人犯にされちゃうんだよ？　だから、ちゃんと感謝してね。君のお姉さんの美しさに」

「は？」

「君が名古屋で最も優秀なモッチー弁護士に助けてもらえたのは、モッチーが君のお姉さんの美しさの虜《とりこ》だからだよ。だから君もちゃんと感謝してね。君のお姉さんの美しさに」

「あなた……誰？」

「だから、モッチー。弁護士♡」

そんな会話をしながら、大夏は美桜と猫バス男と一緒に中警察署を出た。外は爽やかな春の朝だった。猫バス男は美桜のために助手席のドアを開ける。

「美桜ちゃんのお家まで送るよ」

しかし美桜は首を横に振った。

「ちょっとこのバカとふたりで話がしたいんで、どこかこの時間でもやってる店、教えてもらっても良いですか？」

「あー。それならいつか美桜ちゃんとふたりでモーニング・コーヒーを飲みたいと思ってたところがあるよ。カフェじゃなくて、ホテルの中のフレンチ・レストランなんだけど。うふ」

最後の「うふ」が激しく気持ち悪いと大夏は思ったがそれは黙っていた。

大夏と美桜は、猫バス弁護士の運転する赤いダイハツ・タントに乗って、ＪＲ名古屋駅直結のホテルの最上階にある『ゲートハウス』というフレンチ・レストランに移動した。

「こいつと一対一で話したいんで、望月先生はこのままお帰りください」

猫バス男は、一緒にコーヒーを飲みたそうだったが、美桜がピシャリと告げた。望月はそれでもしばらく名残惜しそうにしていたが、美桜が譲る気がないと悟ったのだろう。

「じゃ、さよならの握手だけ」

そう言って、数秒美桜の右手を両手で包み込むように握手をしてから帰っていった。黙って手を握らせてやっている美桜を見ながら、大夏は初めて、姉に『申し訳ないな』という感情を持った。

窓際のテーブル。二年ぶりに姉と弟が向かい合って座った。

「で？」

最初に置かれた水を一口飲むと美桜が口を開いた。

「や、俺にも何がなんだかよくわからないんだ。公園で女の子に待っててって言われて、そしたら別の女の子が死んでて、『すぐに１１０番しなきゃ』って思ったらいきなり後ろから『そこで何してる！』って言われて、振り返ったらなんとそいつが警官で……」

「で？」

「え？　何？」

「で？」

大夏は姉の美桜が『「で？」しか言えない特殊な病気』にかかってしまったのかと訝しみながらも、もう一度同じ話をしようとした。

「だから、俺にも何がなんだかよくわからないんだ。公園で女の子に待っててって言われて、そしたら別の女の子が死んでて、『すぐに１１０番しなきゃ』って思ったらいきなり後ろから

「……」

と、大夏の話をぶった切るように、美桜がテーブルをドンッと拳で叩いた。その音は客のまばらな店内に大きく響き、早番の従業員たちが全員振り返った。

「おい、クソボケ。おまえ、二年前に私に言った言葉、忘れたのか？」

「え？」

「おまえさ。二年前に母さんが認知症だってわかったとき、『姉ちゃん。俺、認知症の介護なんて独りじゃ絶対無理。だから、錦の部屋は引き払って岐阜に帰ってきてよ。頼むよ』って私に頼んだろうが！　で、『姉弟仲良く、介護は半分半分で頑張ろう』とか言いながら、すぐに家出して名古屋に逃げやがってその上に……」

「あ、はい、覚えてます。それはもう、深い後悔とともに、しっかり覚えてます」

大夏は慌てて両手を振り回し、美桜の言葉を遮った。この話題が続くと、最後には絶対にまた殴られると思ったからだ。

「私、あのときおまえにきちんと言ったよね。『もう二度と、姉でもなければ弟でもないからな、このクソ男。次に私の前に顔を見せたらその鼻折るからな』って」

「そうなんですけど、警察が……」

「甘えた声で電話すれば助けてもらえると思いやがって」

「いや、そうじゃないんですけど、警察が……」

「今日は金◯蹴り上げてやろうか？　それともその垂れた両眼を指で抉《えぐ》ってやろうか？」

「ちょっと待ってよ。俺だって連絡はしたくなかったんだけど、警察が！」

とそのとき、大夏のスマホが『ピロリン』とＬＩＮＥの着信を知らせた。

「こんな朝から誰だろう」

大夏はとにかく美桜からの圧力をかわしたくて、わざとらしくひとりごとを言いながらスマホをチェックした。

着信は、ＬＩＮＥニュースだった。そしてそのトップ・ニュースが昨夜の事件だった。

「え……もう？」

美桜がテーブルの向こうから手を伸ばして大夏のスマホを奪う。険しい顔でその記事を読んだ。

「『小学生、またも殺される。犯人は、同一人物か？』」

その記事には被害者の女児の名前と写真が載っていた。

名前は佐野あすか。

年齢はまだ十一歳と書かれていた。

# 3

大夏と美桜が二年ぶりに一緒のテーブルに座ったのと同じ朝。

昨夜、大夏とはぐれたままになった加納秋穂は、出勤のためにバスに乗り昭和区の折戸町《おりとちょう》にある児童相談所へ向かっていた。大夏には『公務員』という以上には詳しくは語らなかったが、虐待から子どもたちを守るのが秋穂の仕事だった。仕事熱心な秋穂は、通勤の時間をその日に向かうべき調査先の予習に充《あ》てていた。が、今日はずっと、昨日の大夏とのことを思い返していた。

夜の老松公園。

両手で抱えるように持っていたピエール・プレシュウズのガトージャポネ。

公園の入口にはパトカーが何台も赤色灯を回した状態で停まっており、近所の人たちが大勢野次馬となって集まっていた。

『恐いね』

『また、小学生の女の子だって』

『可哀想に』

そんなひそひそ声が耳に入った。

大夏の姿を探すが、すでに彼は事情聴取のために署に連行されたあとのようだった。

(彼、あのあとどうなったんだろう)

秋穂は心配をする。

(あの車のこと、彼、ちゃんと警察に証言したかな。現場から猛スピードで走り去った怪しい車のこと。その車の運転手のこと。白い手袋をはめていて、夜なのに顔を見られないようにサングラスもしてて……『あれがきっと犯人です』って、彼、ちゃんと言ったかな。そして警察はそれをちゃんと信じてくれたかな……)

そんなことを考えていたら、いきなり背後から肩を叩かれた。立っていたのは職場で隣りの席に座っている菅原絵里《すがわらえり》だった。職歴は秋穂より二年先輩だが、彼女は短大卒なのでふたりは同い年だった。

「ねえ、加納さん。今朝のニュース見た?」

絵里は周囲の乗客を気にしながら小声で言った。

「ニュース?」

「これ」

言いながら、絵里は自分のスマホを差し出してくる。画面はツイッターのトレンド・ニュース。昨夜の老松公園の事件。『殺人』の二文字。そして被害者の女の子の写真の下に『佐野あすかちゃん　十一歳』とテロップがついている。

「え……あすかちゃん?!」

秋穂は右手で口を覆った。

「やっぱり、そうでしょ？　この子、加納さんが担当してた子、だよね？」


一年前に『児童虐待が行われている』との匿名通報があった。

それから時を置いて二度の通報も。

そのときに被害者かもとされたのが佐野あすかであり、その二度とも現地調査を担当したのが秋穂だった。

彼女を訪ねて自己紹介をしたものの、結局は取りつく島もなく突き放された。

『あんたに話すことなんか、なーんもないから』

それが結局、生きている彼女と交わした最後の言葉になった。その後、もっとしっかりと追加調査をしたいと秋穂は所内の会議で主張したが、神保永昌《じんぼながあき》という直属の課長に却下された。

『加納くん。匿名の通報があったっていうだけじゃちょっと弱いよ』

そう神保は秋穂に言った。

『それに、その子のお父さんは県会議員の浮田一臣先生の秘書なんだよ』

『はい？』

（それがなんなのだ。政治家の秘書だと虐待はしないと決まっているのか？）

あのとき秋穂は心の中で毒づいた。

それが二ヶ月と少し前のことだ。

秋穂は職場である児童相談所に着くと、すぐに自分専用のノート端末からデータベースにアクセスをした。案件ナンバーを入力し、『佐野あすか』のフォルダを表示する。

「あれ？」

面接記録を読み始めてすぐに秋穂の手は止まった。

（これ、私が書いた文章じゃない。誰かがあとから書き換えてる……）

最初の通報があった一年前。

二度目の通報があった二ヶ月と少し前。

どちらのときも『虐待が行われている可能性は否定できない』という自分の意見とその根拠について、秋穂は八百字ほどの長めのコメントを付記しておいた。しかし今そのフォルダを開くと、秋穂のコメント部分はごっそりと削除されており、代わりに覚えのない文章が続いていた。

『虐待の事実は確認されなかった。通報者の単なる勘違いか、あるいは父親の社会的地位を貶《おとし》めようという悪質な行為かも』

（誰がこんなことを……）

胃のあたりにどす黒いものが渦巻いた。

とそのとき、秋穂の肩に男の手が置かれた。

「加納くん。そうやって背中を丸めてパソコンを見る癖、やめたほうが良いよ。体に無理な力がかかって疲れが溜まりやすくなるからね」

神保だった。

慌てて画面を消して秋穂は体を起こした。

「仕事熱心なのは良いことだけど、あまり前のめりになっちゃいけないよ。前のめりになると視野が狭くなるからね。あ、おはようがまだだったね。おはようございます。さ、今日も頑張りましょう」

そう猫撫で声で言うと、神保は自分のデスクのほうに行こうとした。

「課長」

その背中に秋穂は声をかけた。

「データベースに保存した文章が勝手に書き換わるって、ありえますか？」

神保はかすかに眉をひそめた。

「突然、どうしたの？」

「佐野あすかちゃん、憶えてますか？」

「誰だっけ？　毎日大勢の名前を聞くからなかなか覚えきれないよ」

「父親からのＤＶ疑惑の通報があって私が担当した女の子です。お父様が県会議員の浮田一臣先生の筆頭秘書で」

「あー、思い出したよ。でもそれ、ずいぶん前の話じゃなかったっけ？」

「通報は一年前と二ヶ月前の二回です。でも、今はもう前の話なんて言っていられる状況ではなくなりました」

「ごめん。話がよく見えないんだけど、また通報が来たの？」

神保の声にかすかな苛立ちが混じり始めた。秋穂はじっと神保の目を見つめると、一言一言を嚙みしめるように言った。

「佐野あすかちゃんは、昨夜何者かに殺害されました」

「え？」

「今朝のニュースで、もうあすかちゃんの名前は報道されています。今回の事件が父親のＤＶ疑惑と関係あるかはわかりませんが、念のため警察に情報は提供すべきですよね？」

「け、警察？」

神保はとてもわかりやすく動揺した。目が泳ぎ口を金魚のようにパクパクとさせている。

「はい。今から電話をしてみます」

秋穂がデスクの受話器を持ち上げると、慌てて駆け戻ってきてその電話を強引に切った。

「警察への連絡なら、同じ公務員として、きちんとしかるべきルートを通したほうが良いだろう」

そう神保は秋穂に言った。

「しかるべきルートというのは何ですか？」

「それは私が上と相談して判断するから、君は心配しなくて良いよ。うん。この件は私がこのまま預かりましょう。君は今もたくさん訪問案件を抱えているんだから、そっちに集中してください。うん」

そう強引に話をまとめると、神保はあたふたとオフィスの外に出ていった。神保がいなくなると、朝のバスで事件を教えてくれた絵里がそばに来た。

「加納さん、大丈夫？」

「何がですか？」

「何がって、なんか揉めてるような雰囲気だったから」

「何にも揉めてないですよ。でも、心配してくださってありがとうございます」

秋穂はそう言いながら、もう一度自分の端末の画面を表示させた。そして、『虐待の事実は確認されなかった』という文章よりさらに上に、『下記の文章が知らないうちに書き込まれていましたが、これは私が書いた文章ではありません。元の文章を改めてアップ・ロードいたします。加納秋穂』と書き込んだ。


それから一時間ほど秋穂は通常の業務をした。神保は三十分ほどで自分のデスクに戻ってきた。秋穂はじっと彼の様子を観察していたが、彼は一度も秋穂と目を合わせなかった。そのあと午前十時から秋穂は外回りに出かけた。

移動中もずっと死んだ佐野あすかのことを考えていた。

佐野あすかは色白で顔だちの綺麗な少女だった。

一度目の面会の間は、終始無表情で感情というものがまったく外に出てこなかった。彼女は秋穂の質問に対して、『別に』と『何も』の二言しか返さなかった。

対照的に父親の佐野享吾は、営業スマイルが顔に貼り付いているような男だった。口角を意識していつも上げていたが、目は笑っていないように思えた。

(人によって態度を変える。おそらくは性格に表裏のある男)

それが佐野享吾に対する秋穂の第一印象だった。

二度目の通報のとき、秋穂はあすかの変貌ぶりにとても驚いた。たった十ヶ月の間にグッと背が伸びて胸も膨らんでいた。しかも、その膨らみを強調するような胸元の開いたTシャツを着て、上手な化粧まで覚えていた。『十六歳です』と言われても、普通に信じてしまいそうだった。

『私を信じて、本当のことを話してほしいの』

そう切り出した秋穂に佐野あすかは言い捨てた。

『あんたみたいな女の人、私、嫌いなんだよ。おばさん』

そのときのことを思い出すと、秋穂の胸は今も鈍く痛む。

午前中に三件の家庭訪問をし、それから馴染みの定食屋に向かった。秋穂は週の半分はそこでランチを食べている。というのも、その店には彼女が一番気になっている男が、一年ほど前からランチタイム限定のアルバイトで働いているからだ。彼はいろいろあって一時期は精神的に参ってしまっていたのだが、最近では新たな夢を見つけアルバイトをいくつも掛け持ちしながら頑張っている。その定食屋では彼はホール係だったので、立ち寄れば必ず元気に働く彼の姿を見ることができた。なので秋穂は可能な限りその店に通っている。

と、店に入る直前にスマホが鳴った。

(神保か。それとも警察か……)

そんなことを考えながらバッグからスマホを取り出す。が、発信者はどちらでもなかった。

『秋穂？　元気？　この間は変なことお願いしちゃってごめんね』

今や大夏の元カノとなった米倉麻実子の能天気な声が耳に突き刺さった。

「元気。今、仕事中なんだけど、急ぎ？」

貴重な昼休みを麻実子の長話で潰されたくなかったので、秋穂はわざと「仕事中」と言ってみた。

「それが超急ぎなの。秋穂、来週の日曜日、空いてない？」

「なんで？」

「実は……結婚することになってさ」

「は？」

「で、式が来週の日曜日でさ」

「はい？」

「ほら。こんなご時世だし、あんまり大人数で式っていうのもどうかって彼が言い出して、でも彼は彼で義理のある相手が多いから招待客はこっち優先させてねとか勝手なこと言ってきて、それで私、あんまり自分の友達に声かけられなかったんだけど、なんか彼の職場で体調不良の人が出てーみたいな話になって、急にまたおまえの友達呼んでいいよみたいな勝手なこと言ってきて、まあ、だいたい彼はいつも勝手なんだけど、ほら、自分のことエリートとか思っちゃってるから」

早口にまくし立てる麻実子を秋穂は懸命に遮った。

「ちょ、ちょっと待って。麻実子、誰と結婚するの？」

「え？」

「つい最近まで広中大夏って人と付き合ってたんだよね？　彼と結婚するの？」

「まさか。どう考えてもそれはないでしょ。あの人、単なるフリーターだよ？」

「でも……」

「秋穂。そんな話、式のときには絶対しないでよね。彼、けっこう嫉妬深いタイプなんだから」

「……」

「そんなことより、お願い。式、来てくれない？　披露宴のテーブルに空席があるとかありえないでしょ？　ね？　私を助けると思って」

「……」

（そんなことよりって……あなたの言葉を真に受けて、私はその彼に喫茶店で水をぶっかけたんだよ？　そして私のせいで、そのあともいろいろと酷い目に遭ってるかもしれないんだよ？）
秋穂は改めて昨夜の大夏とのあれこれを思い返した。
ふたりで歩いた夜の繁華街。
暴走してきた車。
その運転手のしていた白い手袋。
公園に戻ったらすでに大夏の姿は見えなくなっていた。彼は今どうしているだろう。
（ああ。今日はずっと私の頭の中はこの堂々巡りだ）
佐野あすか。
そして、広中大夏。

## 4

一晩じゅう続いた取り調べ。その後、迎えにきてくれた姉の美桜からの説教。それらを終え、大夏がやっと帰宅して自分の部屋のベッドに倒れ込んだとき、時刻は朝の九時半になっていた。押し寄せる疲労。とにかく今は寝よう。そう思ったのも束の間、大夏の睡眠がノンレム睡眠に入りかけたとき、枕元に放り投げていたスマホがけたたましく鳴り始めた。

「もしもし」

寝ぼけながらも大夏は電話に出た。

『もしもし、広中大夏くん？』

「はい、そうですけれど、どちら様ですか？」

『自分、愛知県警の鶴松っていう者です。急で恐縮なんですが、今から中署まで来てもらってもいいですか？』

「え？　中署？　ええ？　俺、さっきまでそこで散々話訊かれてましたけど？」

強烈な眠気に引き摺り込まれそうになりながら、大夏は必死に抗議した。

『いや、そうなんだけどね。昨日のは所轄の刑事さんなんですよ。で、ぼくらは県警から今回の事件の捜査本部に来た人間なんで、ちょっとラインが違うんですよね。なので、ぼくらはぼくらで君の話を直接聞きたいなって』

刑事というよりは、証券会社の電話営業の人間のような慇懃《いんぎん》な声色《こわいろ》だった。

「いやでも、俺、さっきまで徹夜でずっと……」

『あれ？　もしかして君、名古屋から出ちゃったとか？』

「いや、ちゃんとアパートに帰ってきてますよ！」

『逃亡とか考えてたりして？』

「まさか！」

『だったら来られるよね？　今すぐ。もし来られないとなると、逃亡の恐れありってことでこっちから君を迎えにいかなきゃならなくなるんだけど』

「……」

刑事の明るい話し方が逆に不気味で、結局大夏は睡眠時間十五分だけで中署に戻ることになった。


昨夜と同じ取調室。そこにはふたりの刑事が待っていた。

「え……マジで？」

鶴松の隣りに見覚えのある男がいた。

「愛知県警の緒賀です。まさか君とこんな形で再会するとはね」

大夏の脳裏にあの忌まわしい記憶が甦る。

女子大小路の喫茶店コメダで初対面の女の子に水をかけられた。それを追いかけて店を出たとき、背後からこの男に呼び止められた。信じられないような力強さで腕を摑まれ、次の瞬間には鳩尾に強烈なパンチを喰らわされた。あのときの衝撃。胃袋がひっくり返ったかと思った。

「あれ？　緒賀さん、彼と知り合いだったんですか？」

鶴松がわざとらしい口調で言った。

「うん。彼、若い女の子をストーカーしててね」

緒賀が淡々と言う。

「してません」

「してただろ？」

「してません！　ストーカーとか、絶対してませんせん！」

と、鶴松がさらっと訊いてきた。

「じゃあ、殺人は？」

「は？」

「ストーカーって、たいていエスカレートするんだよね。で、悲しい事件が起きるんだよなあ」

鶴松は全然悲しそうでない口調でそんなことを言う。

「ストーカーも殺人もしてません！」

「まぁ、とにかく座ってよ。そこのところゆっくり訊きたいから」

鶴松はそう言って、大夏に自分の正面の椅子を勧めた。緒賀はゆらりと部屋の隅に行く。彼は座るつもりはないようだった。

「しかしあれだね。君、緒賀さんのパンチを受けてまだ無事に生きてるってすごいね。緒賀さんは東京でも指折りの空手道場のひとり息子で、そのパンチ力は、『ガーディアンズ・オブ・ギャラクシー』で〝キルン刑務所最凶の囚人〟と呼ばれたドラックス・ザ・デストロイヤーより強いって言われてるんだよ？」

「あのときは手加減したんで」

お道化たような鶴松の話に、緒賀がボソリとつぶやく。

（嘘つけ。あれのどこが手加減だよ）

大夏はそんな心の中の言葉を飲み込む。

「それより、改めて訊きたいことって何ですか？」

なるべくさっさとこの取り調べを終わらせて家に帰りたかった。そのためにはサクサクと話を前に進めなければ。

鶴松はスーツの内ポケットから写真を取り出すと、それをテーブルの上にポンッと放った。

「！」

それは女の子の遺体の写真だった。大夏が昨夜、老松公園で見つけたのとは別の女の子だ。力なく見開かれた目。だらしなく開いた薄い紫色の唇。その奥の小さな舌。丸い頬に飛び散ったたくさんの赤い斑点……大夏は反射的に目を背けた。

「山浦瑠香ちゃんていうんだ。知ってた？」

「は？　誰ですか、それ」

答えながら声が震えた。

「え？　山浦瑠香ちゃんだよ。あれ？　君、テレビとか新聞とか見ないの？　あ、こっちの写真ならどう？」

鶴松は言いながら、今度は別の写真を取り出して大夏の前に置いた。

可愛い女の子が左手に金色のトロフィを抱きしめ、右手で顔の横にVサインを決めている。

長い黒髪と、それを一つに結わえた赤い大きなリボン。そして余白には本人の手書き文字。

『サイコーにシアワセ♡』

「これ、二枚とも同じ女の子の写真なんだよ。びっくりだよね。信じられないよね。でも現実に起きたことなんだよ。さ、広中くん。この写真をちゃんと見てよ。ほら！　きちんと見てよ！」

鶴松は大声を出しながら二枚の写真を手に取り、それを大夏の顔からわずか十五センチくらいの距離にまで突きつけてきた。

「な、なんで俺にこんな写真を見せるんですか？」

「見覚えとか、ない？」

「あるわけないじゃないですか！　死体を見つけたのは、昨日が初めてです！」

大夏も叫んだ。

「本当に？」

「はい。本当です！」

「たまたま忘れているだけってこと、ない？」

「絶対にありません！」

「あ、そう」

鶴松は子どもっぽく唇を尖らせたが、やがて残念そうに山浦瑠香の写真を内ポケットに仕舞った。

「じゃあ、広中くんも忙しそうだからそろそろ本題に入ろうかな」

「は？」

遺体の写真を見せたのは本題ではなかったのか！

大夏は驚くとともに猛烈に腹が立った。

「はい。ぜひそうしてください！」

挑むような声で鶴松にそう言い返すと、彼はグイッとテーブルの上に身を乗り出して大夏の目を覗き込むようにして言った。

「ヤマモトって、誰？」

「はい？」

「ヤマモト」

「俺、山本って友達はいませんけど」

次の瞬間、緒賀が腰をグッと落として右の正拳突き《せいけんづ》きを宙に放った……ような気がした。拳の軌跡はほぼ見えなかったが、ボッという音と、そしてそのあとにフワッと届いた風圧が、その突きの凄さを物語っているように大夏には思えた。

「広中くん。いきなりそうやって嘘をつかれるとぼくたちもあんまり優しくはしていられなくなるよ？」

鶴松が鋭い視線を向けて言う。

「嘘なんてついてません。俺、山本なんて友達、いません」

「あ、そう。なら、どうして君のスマホの連絡先にヤマモトって名前があるのかな？」

「え？」

「ちなみに、漢字じゃなくて、カタカナで『ヤマモト』ね。昨夜、持ち物検査をしたときに所轄の刑事がスマホもチェックしたでしょ。そのときに君のスマホデータを丸ごとダウンロードさせてもらったんだ」

「え……」


昨夜の取り調べのとき、相手の刑事が突然こんなことを言ってきた。

「君が今持っているもの、全部見せてもらっても良いかな」

自分は単なる〝死体の第一発見者〟であり、その自分の持ち物になぜ警察が興味を持つのかわからなかったが、見せたところで減るものでもないと思ったので素直に応じた。

「どうぞ」

と、その刑事はしばらくして言った。

「君、携帯電話を持ってるね」

「あ、はい。持ってますけど」

「中、見せてもらっても良いかな？」

「え？　何でですか？」

「何でって、ロックがかかってるから」

「や。今時みんな、スマホにロックはかけてるでしょ」

「うん。そうだね。だから、中を見るためにロックを解除してほしいんだけど」

「だから、何でですか？」

「え？　何か見られたらまずいことでもあるの？」

「いや、何もないですけど、でも何で警察が俺のスマホの中を見たいんですか？」

「警察は何だって見たいんだよ。見るのが商売なんだから。さ、ロックを解除してよ」

「……」

「あれ？　やっぱり何か見られたらまずいものでも入ってるの？」

「何もないですよ」

「本当に？　こっそり幼女ポルノとかダウンロードしてない？」

「は？」

「あるいは小学生の女の子を盗撮したりとか、してない？」

「してませんよ！　そんなことするわけないじゃないですか！」

「じゃあ、証明してよ」

「は？」

「簡単でしょ。そのスマホのロックを解除して、中をぼくたちに見せてくれたら一発で証明できるんだから」

「……」

それで大夏はスマホのロックを解除してその刑事に渡した。幼女趣味と疑われたままなんて我慢できなかったからだ。

「あのときは写真のフォルダを見るだけだって！」

「いやいや、そんなことは言ってないはずだよ。それに君が何も犯罪行為をしていないなら、連絡帳やメール、LINE、その辺りを見られても何も問題ないだろう？」

「……」

「さ。早く思い出してよ。ヤマモト。漢字じゃなくてカタカナのヤマモト」

「……」

鶴松がポンポンと大夏の頬を叩く。その向こうから緒賀が冷ややかな視線で大夏を観察していた。


刑事というのは因果な仕事である。

人というものを信じていては仕事にならない。

実は嘘をついているのではないか？ 平然と隠し事をしているのではないか？ 心根の腐った犯罪者ではないのか？ そんなことを目の前にいる人間に対して常に思う必要がある。
・目の動き、声色、体の力の入り具合などを注意深く観察する。
・同じ質問を少しずつ角度を変えて何回も繰り返し、相手の供述に矛盾が出るのを待つ。

・嫌味、皮肉、挑発などを繰り返し、怒りのあまり相手が何か失言するのを狙う。
・逆に、お世辞や嘘の共感を示すことで、相手の油断を誘ってみたりもする。
・厳粛な雰囲気を演出しながら無駄な質問をわざとしたり、世間話を装いながら大事な質問をしたりする。
・わざと長時間勾留する。
・大声を出す。
・机を叩いて威嚇をする。
・そして時には……そう、時には、ちょっとばかり暴力を使ったりもする。怪我をさせないよう程度を弁《わきま》えつつ、後々問題になっても言い逃れが可能な範囲で。
気持ちの良い仕事ではない。

しかしそれでも、まだ年端のいかない幼い女の子たちが殺されているという現実に比べれば、これくらいのことはどうということはない。そう、緒賀は思っていた。今、最も大事なことは、山浦瑠香を殺し、佐野あすかを殺した犯人を捕まえること。犯人を捕まえ、そして死刑判決を受けさせることだ。

緒賀は自分のことを古いタイプの刑事と認識していた。事件解決のためなら被疑者の人権は多少は軽視しても良いと思っている。最も尊重されるべきは被害者の人権だ。被疑者というのは大なり小なり疑われる本人に原因があるのだ。たとえば、今回の事件で第一発見者となった広中大夏。良い歳をしてきちんとした職にも就かず、アルバイトでその日暮らし。飲み屋で知り合った女性に対してのストーカー行為。暴行未遂。死体発見後も速やかに110番通報をせず、パトロール中の警官に発見されると『ちょうど今から電話しようと思ってたんです』と蕎麦屋の出前のような言いわけを平然とする図々しい性格。ふざけるなと思う。後ろめたいことが何もない人間は、死体を発見したらすぐに110番通報をするに決まっている。


突然、大夏が大声を出した。

「ヤマモトさん！　思い出しました！　お店のお客さんです！」

「店の客？」

「はい。何ヶ月かに一度、フラッと『タペンス』に来てくれるお客さんです。いつも良いお酒を飲んでくれて、金払いも良くて、酔い潰れることもなければ絡み酒でもなくて、控えめに言って最高に紳士な人です！　そのヤマモトさんがどうかしたんですか？」

「ふうん。君って店のお客さんと電話番号の交換とかするの？」

鶴松刑事がテンポよく突っ込んでいく。

「いえ。普通はしないんですけど……特に男のお客さんとは一度もしたことなかったんですけど、前に急に、『大夏くん、バイトしない？』って誘われたことがあって」

「バイト？」

「はい。今度仲間たちとバーベキューに行くんだけど若い男手が足りないから、バイト代弾むから手伝ってよって。それで番号交換したんです。日程決まったら連絡するからって。でも結局、それから電話かかってこなくて……めっちゃ俺もバーベキューしたかったのに」

「その話を俺たちにも信じろと」

「え？　本当ですって！」

「で、そのヤマモトさんの下の名前は？」

「や、知らないです」

「何の仕事してる人なの？」

「え、知らないです」

「どこに住んでるの？」

「全然知らないです」

「ふうん。じゃあ、今電話して訊いてもらってもいい？」

「え？」

「ヤマモトさんに。君のスマホに番号入ってるんだから簡単でしょ？」

「……別にまあ、いいですけど……」

広中大夏は素直にスマホを取り出すと、連絡先から『ヤマモト』の番号を呼び出し、そこに電話をかけ始めた。

かけるとすぐに自動音声が返ってくる。

『この電話番号は、ただいま使われておりません』

大夏はそれを聞くと電話を切った。

「番号、変えちゃってるみたいです」

悪びれもせずにそう鶴松と緒賀に言う。

鶴松がチラッと緒賀のほうに振り返った。選手交代の合図だ。鶴松は椅子に深く腰掛け直し、その代わりに緒賀が大夏の真横に移動して彼の肩に手をかけた。

「君は偶然をどのくらい信じる？」

そう緒賀は大夏に質問をした。

「え？　偶然ですか？」

「そう、偶然。刑事っていうのは因果な商売でね。偶然ってやつにぶつかるたびに、それを疑うのが習慣になってしまうんだ」

「そうなんですか」

「そうなんだよ。ところで、君は偶然、老松公園で小さな女の子の死体を見つけた……」

「はい。でもそれは本当に偶然ですよ？」

「その女の子は小学生だったけれど、自分のスマホを持っていた」

「へええ、そうなんですか。あ、でも今時、小学生もスマホは持ってる子、多いですよね？」

「その子のスマホにもカタカナで『ヤマモト』という名前が登録されていた」

「え？」

「そして、死体を発見した君のスマホにも、カタカナで『ヤマモト』という名前が登録されていた」

「え……」

初めて、大夏の表情に、今までとは違う動揺が現れた。

「どちらもヤマモトという苗字だけで電話番号も一致していた」

そこまで言うと、緒賀は大夏の頭髪に手をやり乱暴にそれをグイッと摑んだ。

「なあ、ストーカー。おまえはそれも全部ただの偶然だと言い張るつもりか？」

「！」

**5**

バーテンダーというのは因果な仕事である。

客を選んでいては仕事にならない。

本当なら、明るくて会話が楽しくて酒をたくさん飲むのに酔わず乱れずそして金払いが良い男性客か、明るくて会話が楽しくて見た目も可愛くて、お酒を飲むとさらに可愛く酔っ払い、ちょっとだけセクシーな雰囲気を醸し出してくれる女性客が来てくれると最高なのだが、実際はそうではないケースのほうがずっと多い。偉そうにされても受け流し、つまらない話にも面白そうに相槌を打ち、同じ愚痴を百回聞かされても決してイライラせず、時には嘔吐物の掃除も厭《いと》わぬ覚悟が必要だ。

決して楽しいばかりの仕事ではない。

しかし、警察署の取調室に長時間押し込められ、強面と慇懃無礼な刑事二人組とずっと一緒にいることに比べたら、バーテンダーの仕事のほうが一万倍嬉しい。

(仕事があるって言わなかったら、今もまだ取り調べが続いてたかもしれないよな。あー、バーテンやってて良かった)

そう心の中で思いながら、大夏は女子大小路のバー『タペンス』に向かった。

暗い階段を四階まで上がる。

思い出すのはつい先ほど、取調室から解放される直前に刑事の緒賀から言われた言葉だ。

『ヤマモトから接触があったら、即、俺のスマホに電話をしろ。ヤマモトと会ったり、電話をしたり、メールを貰ったりしたのに俺にそれを言わなかったときは……』

『い、言わなかったときは?』

『この前の事件、あれを婦女暴行事件にでっちあげておまえを十年はブタ箱にブチ込んでやるからな』

『!』

滅茶苦茶である。とても法の番人であるべき警察組織の人間の言うこととは思えない。が、そのときの緒賀の表情にも、語気にも、冗談ぽさは微塵も感じられなかった。

(あの人たちは本当にそういうことをやるんだろうな……)

そう思えてならなかった。

ようやく四階にたどり着く。

タペンスのドアには、汚い字の、しかし明らかにウキウキした気持ちで書いたらしい文字の貼り紙がつけられたままになっていた。

『ちょっと外出しています。冷蔵庫のビールでも勝手に飲んでいてください。』

(あの子とすれ違いになったまんまだな。突然俺がいなくなって心配してるかな。名前は、そう、秋穂。秋穂ちゃん。今どうしてるんだろう、秋穂ちゃん。ピエール・プレシュウズのガトージャポネはひとりで食べたのかな)

そんなことを考えながらドアノブに手をかける。

(あれ?)

ドアの隙間から、光と、そして音楽が流れ出てきた。

(誰かいる?　まさか秋穂ちゃん?)

「ひゃあああああ」

中に飛び込んだ大夏は間抜けな悲鳴を上げた。

確かに人はいた。が、それは加納秋穂ではない。

男だった。

白い無地のロンTにざっくりとした麻のジャケット。ダメージジーンズにきちんと磨かれた黒のローファー。カウンターに座り、勝手に冷蔵庫からビールを出して飲んでいる。

「ヤ、ヤマモトさん！」

思わず声が上ずった。

「よ。もっとボロボロにされてるかと思ったけどけっこう元気そうだね。良かった良かった」

「え？　な、何がですか？」

「え？　何がって、警察に捕まって酷い目に遭ってたんじゃないの？」

「ど、どうして知ってるんですか？　え？　ニュースに俺の名前とか出てないですよね？」

「そりゃニュースには出てないよ。死体の第一発見者の名前出すニュースなんてないよ。でも、ぼくは耳が良いからね。君がぼくとの関係について根掘り葉掘り訊かれてるらしいとか、もしぼくと会ったらぼくに気づかれないようにこっそり電話をしろと言われてるとか、そういうのが勝手に聞こえてきてしまうんだよ」

「え……」

「その刑事の名前が緒賀と鶴松だとか。その緒賀は東京から来たばっかりの他所者《よそもの》だとか。でも空手が特技で君にも早速一発お見舞いした……とかもね」

「……」

そこまで言うと、ヤマモトは残っていたビールをグイッと一気に飲み干した。

「お代わり、くれるかな？　あっちのテーブルの彼らにも」

「あっち？」

カウンターの反対側を振り返ると、一番奥のテーブル席に、暴力的な臭いをムンムンさせた若者が四人、黙ってビールを飲んでいた。大夏は彼らに薄っすらとした見覚えがあった。錦や栄では有名な半グレ集団の男たちだった。

「ヤマモトさんって、いったい何者なんですか？」

恐る恐る大夏は尋ねる。ヤマモトは爽やかに微笑みながら言った。

「その前に、ひとつだけ、ぼくから君に質問をしても良いかな？」

（また質問か。もう何十時間も誰かから質問されてばっかりだ……）

大夏はそう思ったが、もちろん口には出さなかった。

「はい。なんでしょう？」

ヤマモトはカウンターのスツールからポンと降り、大夏のすぐ目の前に来た。ヤマモトは大夏より一回り小柄だったので、大夏は彼に下から見つめられる格好になった。そうやってしばしじっと見つめ合ってからヤマモトは大夏に訊いた。

「君とぼくは、トモダチかな？」

「え？」

「トモダチだよね？　そうじゃないって言われるとぼくはけっこう傷つくよ？」

「……」

何と答えるべきか、大夏は迷った。

『ヤマモトから接触があったら、即、俺のスマホに電話をしろ。ヤマモトと会ったり、電話をしたり、メールを貰ったりしたのに俺にそれを言わなかったときは……』

『い、言わなかったときは？』

『この前の事件、あれを婦女暴行事件にでっちあげておまえを十年はブタ箱にブチ込んでやるからな』


大夏のスマホは今尻のポケットに入っている。が、それをヤマモトに気づかれずに取り出すチャンスなどありそうになかった。

「あれ？　どうして黙ってるの？　君とぼくはトモダチだよね？」

背後でガタンと椅子が動く音がした。半グレたちがテーブル席から立ち上がったらしい。

「トモダチです！　もちろん、トモダチです！　そして、これからも末永くトモダチでお願いします！」

大夏は叫んだ。

ヤマモトが満足そうに微笑む。

「嬉しぃな。嬉しぃな。じゃあ、広中大夏くん。トモダチとして、ふたりっきりの内緒の話をしよう」

「はい、何の話でしょう」

「そうだね。まずは公園から車で走り去ったっていう白い手袋の男の話をしようか」

「え？　ど、どうしてそんなことまで知ってるんですか？」

「だから、ぼくは耳が良いんだよ。この街で誰かが話した言葉はたいていぼくには聞こえるんだ」

「……」

大夏は必死に考える。白い手袋の男の話、自分は誰かにしただろうか？

まずは、一緒に目撃した秋穂と。

それから、老松公園で最初に声をかけてきた交番勤務の警官。

それから、連行された中警察署で大夏の事情聴取をした刑事たち。

弁護士の望月。

姉の美桜。

そして、先ほどまで一緒だった緒賀と鶴松という刑事。

これだけだ。つまり、この中の誰かがヤマモトと繋がっていて、わざわざ彼に白い手袋の男のことを話したということだ。

誰だ。いったいそれは、誰なのだ……

と、大夏のジーンズの尻ポケットでスマホがけたたましく鳴り始めた。

「おっと、警察かな？」

ヤマモトが冷ややかな笑みを浮かべながら訊いてきた。

「や、まさか。違うと思います」

「そう？　なら何で電話に出ないの？」

「え？　それはその、今は仕事中なんで」

「客、ぼくとぼくの連れしかいないじゃない。良いよ。電話に出てよ。ずっと鳴ってるよ。急ぎの用事かもしれない。さあ、出なよ」

　そこまで言われてしまうと逃げようがない。大夏は恐る恐るスマホを取り出した。もし緒賀か鶴松からでもこの状況では嘘をつくしかない。婦女暴行の罪をでっちあげられるのも恐ろしいが、今この状況で半グレ集団にリンチをされるのはもっと恐ろしい。彼らは暴力の加減というものを知らない。何人かリンチの末に殺してしまい、どこかの山に埋めたらしいという噂を聞いたこともある。

「はい、もしもし」

　祈るような気持ちで電話に出た。着信画面は未登録の固定電話番号だったので、かけてきたのはきっと警察だろうと思いながら。

「広中君ですか？　高崎です」

「お、オーナー！」

　違った。それだけで大夏は歓喜の気持ちで泣きたくなった。電話はタペンスのオーナーである高崎順三郎からで、内容は、とある結婚式の二次会に出張バーテンダーとして行ってくれないかという話だった。なんでも、事前に押さえていたバーテンダーが急な体調不良で、しばらく自宅で隔離静養しなければならなくなったのだという。

「はい。そんなことでしたらお安い御用です！」

そう大夏は大声で返事をした。そのときはまさか、その結婚式が自分の運命をさらにバッドな方向へ導く大きなきっかけになるとは夢にも思っていなかった。

「新しい仕事？」

電話を切ると即座にヤマモトが尋ねてきた。

「あ、はい。臨時のバイトです。結婚式は時給が良いのでありがたいんです」

「そう。じゃあ、ぼくも君に新しいアルバイトをプレゼントしようかな」

「え？」

「ぼくのアルバイトはコスパは最高だよ。正直に、ただ『イエス』か『ノー』を言うだけで良いんだ」

「え？」

ヤマモトはセカンドバッグからスマホを取り出すと、ひとりの男の顔写真を画面に表示した。四十代くらいの男の写真だった。年配の女性たちに囲まれてにこやかに立っている。ヤマモトはそれを大夏に見せながら尋ねた。

「君が目撃した白い手袋の男は、こいつかい？」

☆

同じ夜。

姉の美桜は三年ぶりの徹夜のダメージを痛感していた。

（二十代の頃は三日寝なくたって平気だったのに……もう頭痛もしてきたし、肌も心なしか荒れてるわ）

職場の更衣室でため息をつくと、いつもの仕事終わりのジョギングを中止した。

深夜のタマミヤ商店街を早足で通過し、我が家である純喫茶『甍』へと帰る。

健康とは、良質の水と空気、そして良質の睡眠の三本柱から成る。

風呂上がりに、あえて常温で保管している『高賀の森水』を薄張りのグラスに注ぎ、化粧水を顔に叩き込み、そして前に望月から貰った『顔リラウォーマー』を貼る。あと、足裏と脹脛《ふくらはぎ》の両方に『足リラシート』も貼る。ちなみに水を冷やさず常温で飲むのは、内臓を冷やさないためと、水本来の甘さを感じるためだ。どんな水でも冷やすと同じ味になる。美桜はそう信じていた。飛騨の名工が作った一品ものの椅子にゆったりと腰をかけ、『ハイドロエッグ水素パウダー』の粉末を『高賀の森水』とともに飲む。『顔リラウォーマー』がじんわりと温かくなってくる。この瞬間が美桜は一日の中で一番好きだ。

が、今夜はその幸せは長く続かなかった。深夜の〇時を回っていたにもかかわらず、母親の琴子がピンクのカーディガンにピンクのスカート、そして手にはピンクのハンドバッグを持って、美桜の部屋に入ってきたからだ。

「あら、あなたまだ着替えてないの？　予約の時間に遅刻しちゃうわ？」

「は？」

「美容院よ！　二割引なのよ？　さあ、行きましょ！」

そんな予約をした記憶はない。そもそもこの時間にやっている美容院などない。だが美桜は、琴子の言うことを頭ごなしに否定しないよう日頃から気をつけていた。

「うん。行くよ。行くけど、その前にお母さん。お母さんもこれ、試してみない？」

「なあに？」

「お店によく来るお客さんがたくさんくれたの。とっても気持ち良いわよ。ね、ちょっとだけ」

言いながら、琴子を自分のベッドに寝かせた。

「はい。目を瞑って」

自分の化粧水を彼女のおでこ、鼻筋、頬などに優しく塗った。そして、自分とお揃いの『顔リラウォーマー』を貼ってやる。

「あら。これ、なんだかあったかいわ」

「リラックスできるし化粧水の吸収もグッと良くなるのよ。お肌がモチモチになっちゃうね。お母さん……お母さん？」

なんと、目を瞑って五秒で琴子は寝ていた。気持ち良さそうに大の字に両手両足を広げて。

美桜はカーディガンをそっと脱がして布団をかけた。

さて自分はどうしようか。一緒に寝るにはちょっと窮屈そうだ。仕方がない。今夜は自分が琴子の部屋で寝よう。そう考え、スマホと水だけ持って移動する。

琴子の部屋の枕元には岐阜のフリーマガジン『GiFUTO』が広げたままになっていて、『美容院、新装開店。カットもカラーリングも二割引』の文字のところに赤ペンで丸がされていた。

「なるほど。これのこと、か」

そうつぶやき、美桜はその『GiFUTO』を手に取った。琴子の認知症の症状にはムラがある。意味不明な言葉を繰り返すときもあれば、驚くほど理路整然とした会話ができるときもあった。(病状は進んでるのかな。それとも、ちょっとくらいは回復する可能性とかあるんだろうか)

「美桜！　なんであんたがここに寝てるの？」

いきなり大声で揺り起こされた。

いつの間にか朝になっている。『GiFUTO』を手にしてすぐに美桜も寝落ちしたらしい。

「ほら。お店まで送ってちょうだい。美容院！」

琴子はまたきちんとピンクのカーディガンを着ていた。

「ちょ、ちょっと待ってね」

店の電話からその美容院にかけてみた。きちんと琴子の名前で予約が入っている。

「色はピンクにしようと思うの」

「還暦過ぎてピンクの髪？」

「だって、ピンクは桜の色よ？　あなたの色じゃないの！」

「あ、そう」

ことさら反対する理由もない。

美桜は琴子を車に乗せて家を出た。ダイハツのタント。図らずも弁護士の望月とお揃いの車になってしまった。なぜダイハツかというと、鈴木夏芽《すずきなつめ》という美桜の親友が自動車のメカニックになってダイハツに就職したからだ。彼女とは高校時代〝岐阜の最凶ツートップ〟と言われ、美桜の木刀・夏芽のスパナといえば……まあ、それはまた別の話だ。

予約した美容院は東柳ヶ瀬の真ん中にあった。『グレイス』からほんの五分の距離である。ただ、柳ヶ瀬にはいつも夜しか来ないので、真昼の柳ヶ瀬は新鮮だった。カットとブリーチ、カラーで二時間ちょっとはかかると言われ、その間、昨夜のジョギングをサボった代わりに柳ヶ瀬近辺をウォーキングしようと決めた。

車を駐車場に入れると、軽く上半身をストレッチしてアキレス腱も伸ばす。さて、どういうルートにしようか。いつもの長良川橋まで行くか。金華山をロープウェイではなく徒歩で登るか。それとも正法寺《しょうぼうじ》に行って岐阜の大仏様に琴子の健康でもお祈りするか。そんなことを思いながら歩き始めてすぐ、長良橋通りと柳ヶ瀬通りとの交差点で信号待ちをしている人の中に、見覚えのある顔を見つけた。

「あ、畦地先生？」

思わず大声が出た。そこにいたのは、かつて美桜が公開授業を受け、その後何度かメールのやり取りをし、最後に勇気を出して食事に誘ったがそれっきり返事が来ていない、金華大学教授の畦地弦一郎だった。

美桜の声に畦地が振り返った。

目が合う。まるで北川悦吏子先生の書くドラマの一シーンだ。『半分、青い。』はまだ観ていないけれど、全話録画はしてある。

「お、お久しぶりです、畦地先生！」

店でも滅多に見せない全力の笑顔で挨拶をする。畦地はじっと美桜を見つめ、そして言った。

「ごめんなさい。どなたでしたっけ？」

「え？　あ、あの。広中美桜です。一度、金華大学で、先生の水素と水素水についての公開授業を受けて、それで、何度か質問メールを」

「ああ。そうでしたか。公開授業。なるほど。受けてくださってありがとう」

美桜のことを思い出したのか、まだ忘れているのか、畦地の言葉からはよくわからなかった。

「先生は、どうしてここに？」

平日の昼間なら大学の授業があるはずだ。

「実はすぐそこに、小さなネットラジオの放送局がありましてね。そこで、水素と健康についての番組をやるからゲストに来てくれって依頼されたんですが、時間通りに来たら、『機材トラブルですぐの収録が無理そうなんで、小一時間、ランチでもして時間潰してきてください』って言われてしまって」

（キ、キタ……）

畦地の言葉に美桜は思わず心の中でガッツポーズをした。

「私、柳ヶ瀬は超地元なんです。もし良ければ、ランチ、ご案内させてください」

「え？」

「私もちょうど、とっても空腹で空腹で、何か美味しいもの食べたいと思ってたんです。何が良いですか？　和洋中エスニック何でも言ってください。柳ヶ瀬代表として私、ご馳走します」

「ご馳走は困ります」

「なんで困るんですか？」

「え？　だって、あなたにご馳走される理由がないでしょう」

「あ。じゃあ、私の悩みを聞いてください」

「は？」

「私、先生に相談したいことがあったんです。で、そのお礼に、ランチ、ご馳走させてください」

「私に、何の相談ですか？」

「え……」

そこまで会話が進んでから美桜は迷った。水素関係で質問したいことは、すでにメールで送っていたし、すべてに丁寧な回答を貰っていた。でもここで引き下がっては、もう二度と畦地と二人きりで食事をするというチャンスはないだろう。何か言わなければ。それも、簡単には答えられないような難しい悩みを相談しなければ。そこまで美桜はコンマ五秒で考えた。そして、彼女の中でもっともタイムリーな話題を切り出した。

「実は、昨日、弟が逮捕されてしまって……殺人事件の容疑者として」

「は？」

言ってすぐに後悔をした。弟が殺人犯かもしれないなんて、ドン引きされるに決まっているではないか。

「や、もちろん、警察の誤解なんですけどね。私の弟はチャラチャラしてて女の子のことが大好きですけど、絶対、ロリコンではないんです」

フォローのつもりで言ったのだが、言ってみてからあまりフォローになっていないことに気がついた。

「昨日ってことは、あれですか？　名古屋で小学生の女の子が殺されたって事件ですか？」

「え？　あ、はい。そうです。その事件です。畦地先生もニュースご覧になられたんですか？」

「新聞に大きく載ってましたからね。ああ、あの事件ですか」

そう言いながら、畦地は何かを思案するような表情を見せたあとつぶやいた。

「あれは、ずいぶんと妙な事件ですよね」

「本当ですよね。小学生の女の子ばっかり狙うとか、本当に気持ち悪くて吐き気がしますよね」

そう美桜が言うと、畦地は人差し指を立てて小さくそれを左右に振った。

「私が妙と言ったのはそういうことじゃないんです」

「え？　じゃあ何が妙なんですか？」

「あの事件、新聞もテレビもずっと『変質者による二度目の殺人』って書いてるでしょう？　でも、私にはそうは思えないんですよね」

「え？」

歩行者用信号が赤から青に変わる。畦地が歩き出す。慌てて美桜もそのあとを追う。

「先生！　新聞やテレビは何を間違えてるんですか？　ランチご馳走するんで教えてください！」

言いながら、美桜は畦地の腕を摑む。畦地は苦笑いをすると、

「じゃあ、一緒に岐阜タンメンでも食べに行きますか」

と言った。そして、おまけのように小さな声で言った。

「昨日の殺人事件、あれは今までとは種類の異なる殺人です」

ハッと我に返ったとき、少女は自分の足の下で倒れていた。

自分が何をしたのか、しばらく理解できなかった。

少女を見つめる。

少女は動かない。

屈み込み、その目を見つめる。

眼球も動かない。

口元に耳を寄せたが息をしていない。手首を触っても脈はない。胸に自分の頭をピタリとつけてじっと耳を澄ましたが、心音もまったく聴こえない。

少女は死んでしまった。

『ネットに全部書いてやるから！』

『私にそんな勇気ないと思ってるなら、それって大間違いだから！』

なぜだろう。少女はなぜあんな酷いことを言ったのだろう。あんな言葉さえ投げつけてこなければ、自分もここまでのことはしなかったのに。

少女の傍にはヴァンパイアたちが身に纏う漆黒のマントや深紅のベストが落ちている。

死んだのではなく、これからヴァンパイアに変化するなら良いのに……

このままヴァンパイアになれるのなら、少女はとても幸せだったろうに……

そんなことを思い、殺人犯は少し悲しくなった。

スマホを取り出し、犯人は電話をかけ始めた。

03
SCENE
Detective
of
Joshidaikoji

# 1

佐野あすか殺害事件発生から三日目。朝の八時。

中警察署の大会議室に設置された捜査本部では、ドア外の立て看板の戒名《かいみょう》が『名古屋市中区小四少女殺人事件』から『名古屋市中区連続少女殺人事件』へと書き換えられた。専属捜査員は八十名にまで増員されている。持ち込まれたすべての長机に、暗い色のスーツを着込んだ捜査員たちが背中を丸めて隙間なく座っている。彼らの視線の先には、ホワイトボードに貼られた畳二枚分の大きさの地図。名古屋市とその周辺地域が拡大して印刷されている。カラフルなマップピン、数字、付箋。それらは名古屋市の中区を中心に、春日井市や清須《きよす》市にまで範囲が及んでいる。ちなみに、青いマップピンは被害者たちの自宅。黄色のマップピンは被害者が解放された場所。そして一際目立つ赤いマップピンは、不幸にも亡くなったふたりの少女……山浦瑠香と佐野あすかの遺体が発見された場所だ。山浦瑠香が遺棄された千早公園と、佐野あすかが遺棄された老松公園とは、直線距離にしてわずか四百メートルしか離れていない。

(この二件だけ、なぜこんなに距離が近いのか?)

緒賀はそう手帳に小さくメモをした。

「老松公園の遊具からは、被害者の指紋も、加害者のものと疑わしき指紋も発見されておりません」

「被害者は別場所で殺害され老松公園まで運搬・遺棄されたことは間違いありません。ただ、その死体遺棄の現場の目撃情報はまだ見つかっておりません」

「近隣の防犯カメラを現在確認中ですが、まだ決定的な映像は見つかっておりません」

「死体の第一発見者が供述している『猛スピードで走り去った車』についてですが、現在、三名の目撃者を得ておりますが、誰も車のナンバーや運転手の顔、手袋といった特徴などを記憶しておりません」

思わしくない初動捜査の報告が続く。

(なぜ、暴走車の映像が見つからないのか?)

緒賀は捜査員たちの報告を聞きながらそうメモをする。

(名古屋市の大通りにはカメラ類が多数設置されている。にもかかわらず決定的な映像が出てこないのはなぜか。おそらく犯人は、大通りに出る前に白い手袋を外したのだろう。そして、車のスピードを他の車と同じスピードまで緩めたのではないか。そうしてしまえば、黒っぽいセダンなどという曖昧な情報だけでは、どれが怪しい車なのか判別のしようがなくなる……)

鑑識係の青年が立ち上がった。

「佐野あすかの口を覆っていたであろう粘着テープですが、顔に残っていた成分を分析したところ、山浦瑠香に使われたものとはまるで違う種類のものであると判明しました」

「まるで違う種類？」

「はい。山浦瑠香に使われていたのは、粘着力が弱く簡単に剥がすことのできる『養生テープ』と呼ばれるものです。一方佐野あすかの口に貼られていたのは『ガムテープ』です。これを口に貼られ、それからまた強引に剥がされたのだとしたら、かなり痛い思いをしたでしょう。そのとき、まだ生きていれば、ですが」

かすかに会議室がどよめいた。

「ちなみに、今までの事件すべてで犯行には粘着テープが使用されているようですが、その成分を分析できたのは山浦瑠香ちゃんの事件だけです。なので毎回違う粘着テープを使っているのか、それともたまたま今回だけガムテープになったのかはわかりません」

「ふむ」

県警本部長の三枝はしばし思案したあとコメントした。

「それに意味があるか、それともないのか、今はまだ判断できんな」

「現時点では、鑑識からは以上です」

その後、会議は二つの方針を確認して終了した。
・近隣住民からの訊き取り範囲の拡大。
・周辺の防犯カメラ映像の徹底的なチェック。

捜査員たちはそれぞれに割り当てられた担当区域を目指し、足早に会議室を出ていった。緒賀と鶴松の担当は西区笹塚町《ささづかちょう》の二丁目だった。担当区が赤くマーキングされた地図を受け取る。その地図をまずじっくりと緒賀は確認した。彼にとって名古屋は未知の街だ。歩き回る前になるべくしっかりと情報を頭に入れておきたいと思ったのだ。

と、自分たちのマーキング地域から二百メートルほど外側に、小学校があることに気がついた。名星《めいせい》小学校。それは佐野あすかが通っていた小学校だった。

「ねえ、鶴松くん。この小学校、今日はまだ訊き込み対象になっていないよね」

「なってないですね。今のペースだとそこまで範囲を広げるのにあと数日はかかると思いますよ」

「提案なんだけどさ、昼飯休憩を諦めたら、俺たち今日ここにも行けるんじゃないかな」

「いや、そんな風に急に来られても……。ただでさえ、今朝もマスコミが校門前に来て、帰ってもらうのに苦労したばかりなんです」

名星小学校の校長・畠山和志《はたけやまかずし》はそう困惑の表情で言った。だいぶ薄くなった頭髪を一九分けで隠そうとしている、メガネで細面の年配の男性だった

「マスコミと一緒にされても困ります。こちらは殺人事件の捜査ですから」

そう緒賀が穏やかな声で返す。

「しかし、まだ事件の直後で子どもたちのショックも心配ですし、それに、捜査が入るときは

まず先に、警察の上のほうから私たちの上のほうに先にお話があるのが通例ではないですか」

　そう畠山はなおも抗議をしたが緒賀はそれはスルーした。

「そもそも犯人は通り魔的な変質者なんでしょう？　佐野あすかの学校での様子なんて、わざわざ訊いてどうするんですか？」

「そうなんですが、警察では被害者の身辺調査をするのが通例なんです。よく言う『形式的な捜査』ってやつです」

　わざと『通例』という言葉を嫌味っぽく使った。緒賀の傍で鶴松はじっと黙っている。上の許可を得ている訊き込みではないし、時間をオーバーしてそもそもの自分たちの担当地区の訊き込みに遅れを出すわけにもいかない。時間はせいぜい五十分しかない。その時間で、担任の教師と、あすかのクラスメートで彼女と仲が良かった子数人くらいの話は聞きたいと緒賀は考えていた。


　佐野あすかの担任は教師になってまだ二年目の野《の》村《むら》佳《か》織《おり》という若い女性だった。

「あすかさんには親しくしているお友達はたくさんいました。もう五年生なので、そろそろ男の子とは遊ばなくなる時期で、あの子も女の子とばかり遊んでいました」

　彼女の顔色は大理石のエントランスに飾られていた百合の花のように蒼白く見えた。

「これはまあ、あくまで形式的な質問なのですが……あすかさんはどのような児童でしたか？」

そう、緒賀は訊ねた。

「前の学年の担任からは、口数が少なく大人しい子だと申し送りを受けていました。でも、今年はクラスに上手に馴染んでいるように見えました」

「そうですか。何かあすかさんについて気になることはありましたか？」

「特には。あ……」

「？」

「いえ。大したことじゃありません。すみません」

「野村先生。大したことでなくて全然けっこうなんです。今、思い出されたことはなんですか？」

「……彼女、家だと宿題ができないと言って、小学生なのに下校時にひとりでカフェに入ったりしていました。それは、担任としてちょっと心配でした」

「家だと宿題ができない？」

鶴松が初めて口を開いた。

「なぜ家だと宿題ができないのですか？」

緒賀が質問をする。しかし野村は（失言してはならない）と強く警戒をしているのだろう。

「さあ、そこまでは。ご家庭の事情にまでは立ち入らないようにしていましたから」

それだけしか答えなかった。

佐野あすか。

母とは死別。

父は浮田一臣という愛知県議の秘書である佐野享吾。

事件当日、娘が帰らないといって警察に来た佐野享吾を、遺体安置所まで連れていって身元確認をさせたのが緒賀だった。

あのときの佐野享吾に感じた、なんとも言えない違和感。それを緒賀は思い返した。


その後、あすかと仲が良かったと野村が名前を挙げた数人の話も緒賀は聞くことができた。

校長室横の応接コーナーを使わせてもらう。生徒が緊張しないよう野村には同席してもらい、校長の畠山には席を外してもらった。大人の人数が多すぎるのもどうかと思い、鶴松には別の用事を頼んだ。

ひとりめ。中牟田《なかむた》早希《さき》。

ふたりめ。会田《あいだ》亜子《あこ》。

そして三人め。遠田《とおだ》波流《はる》。

その間に、緒賀は次々とメモをしていった。
・佐野あすかは今年になって突然大人っぽくなり、同時にクラスの女子のリーダー格になった。
・佐野あすかは『死ねないガール美弥火』というアニメの大ファンだった。それもただのファンではなく、自分で衣装を作ってコスプレのイベントに出ようとするくらいのファンだった。

・佐野あすかは金持ちだった。自分の衣装だけでなく、クラスメートの分もお金を出すから一緒にコスプレのイベントに出ようと誘っていた。
・事件当日は、用事があるからと言ってひとりで帰っていった。用事とはなんだろう？　そして、それらとは別に、ページの端に一文加えた。
・どの子も佐野あすかの死を悲しんでいるようには見えない。なぜだろう。

四人めの女の子の名前は吉沢祐奈《よしざわゆうな》といった。時間的に、この子が最後の訊き込みになるだろうと思われた。

吉沢祐奈は子役タレントですと言われたら即座に信じられるほど、スタイルも良く顔も整った子どもだった。美しい栗色の長い髪。花柄のミニスカートから白のニーソックスを履いた両脚がスラリと伸びている。しかし彼女もまた今までの三人同様、不自然に強張った表情だった。悲しいのではなく、何かに怯えているように緒賀には見えた。

「どうぞ座ってください」

極力柔らかい声で緒賀が言う。吉沢祐奈はミニスカートの中が見えないよう手で裾を引っ張りながら、ソファに浅く腰をかけた。大人びた仕草だなと緒賀は感じた。

「今日は協力をしてくれてありがとう。あすかさんとは君が一番仲良しだったって聞いたから、きっととてもショックを受けているよね？　もしも話していて気分が悪くなったりしたら、そのときは遠慮しないで教えてね」

そう緒賀が言うと彼女は眉をひそめた。

「あの……私が一番仲がいいって誰が言ったんですか？」

「え？　担任の野村先生だけど」

「私、別に一番じゃないです。みんなと同じくらいです」

「そうなんだ。それじゃ、先生の勘違いかな」

そう言いながらチラリと担任の野村を見る。彼女もちょっと当惑しているようだった。級友が殺された直後に、自分が一番の仲良しではないと一生懸命主張するのはどういうわけだろう。

そのときだった。校長室のドアが開いて鶴松が顔を覗かせた。

「緒賀さん。ちょっと」

そう手招きをする。

「ごめんね。ちょっとだけ待ってて」

緒賀は席を立ち鶴松のところに移動した。彼は手に一冊のノートを持っていた。水色の表紙のA5サイズの小ぶりなノートだった。

「彼女のロッカーを調べたらこれがあったんですけど……これ、なんだか気持ち悪いノートなんですよ」

「？」

そう言って、鶴松はノートを開く。

そのノートには、日付らしき数字に、アルファベットと数字。そして○や△、×などの記

A A a 2 s 9

12 03 15 H K a p a s h O

01 11 16 T J a p a n n O

N S a 2 s 9

02 10 16 S I a p a n n O

02 15 17 S H a p a n n C

03 01 17 O K a p a s O

号ばかりが書かれていた。日本語の文章は一切ない。

（これは、いったい何だろう）

ふと思い立って、緒賀はそのノートを鶴松から借りて席に戻ると、じっと緊張した様子で座っている吉沢祐奈の前に差し出した。

「このノート、見たことある？　あすかさんのノートらしいんだけど」

その瞬間、吉沢祐奈の顔が誰もがわかるほどはっきりと青ざめた。それは刑事の緒賀や鶴松だけでなく、担任の野村佳織まで、小さく「え」とつぶやくほどのリアクションだった。

「知りません。見たこともありません」

直後、吉沢祐奈はやや怒ったような声で言った。

「あの……やっぱり、ちょっと気分が悪くなってしまって、もう教室に帰ってもいいですか？」

「うん、わかった。じゃ、ここまでにしよう。今日はありがとう」

そう緒賀が答えるより早く吉沢祐奈は立ち上がった。

「あ、何か思い出したことがあったら、どんなことでも良いからまたおじさんたちに聞かせてくれないかな」

そう緒賀は付け足したが、彼女はそれには何も答えなかった。彼女が出ていくと鶴松が腕時計を見た。

「緒賀さん。二十分オーバーしてます。そろそろ俺たちも行きましょう」

緒賀が佐野あすかの通っていた小学校を訪れた日の夜。

愛知県警に一本のメールが届いた。

送信アドレスはフリー・メールで、送信場所が特定されないようにプロキシサーバと呼ばれるものを中継して送られてきていた。

『佐野あすかちゃんは父親の佐野享吾から虐待を受けていました。過去、私は二度、児童相談所に通報しましたが、なぜかきちんとした調査は行われなかったようです。近隣の住人より。』

☆

# 2

佐野あすか殺害事件発生から五日目。

その日、女子大小路は快晴で、風はそよそよと適度に快く、日差しは強過ぎず弱過ぎず、春という季節の素晴らしさに満ちた最高に気持ちの良い日だった。大夏は池田公園のすぐそばのビルの二階にある『カイビガン』というフィリピン料理店でメリッサとレイチェルの到着を待っていた。ココナッツの甘い匂い。香辛料のスパイシーで複雑な香り。壁には油にまみれたメニューと、美しいが少しくたびれた風景写真のポスター。フィリピンの瓶ジュースと瓶ビールがぎっしり入った冷蔵庫。カウンターの奥では、黒のTシャツに白いエプロンをつけた丸顔のフィリピン人男性のコックが、客と談笑しながら料理を作っていた。

十三時。メリッサとレイチェルは時間ぴったりにやってきた。

「ここ！　ここ！」

笑顔で立ち上がり大夏はふたりに手を振った。そして四人掛けのテーブルの反対側に回り、ふたりが座りやすいようにわざわざ椅子を引いた。

「今日は俺の奢りだから安心してね。さ、何でも好きなもの頼んで！」

大夏の言葉にメリッサもレイチェルもかえって顔を顰める。

「ダイキ。ワルイモノ拾ッテ食ッタカ？」

「オマエノ話ッテダケデ安心ハ無理」

大夏はそれらの台詞を笑顔で聞き流した。

「それじゃ、本日のランチでいいね？　すみません！　本日のランチ三つね！」

手を挙げて声を張り上げる。本日のランチは『ベジタブル・カレカレ。マンゴージュース付き七百円』だった。すぐに、シチューによく似た野菜たっぷりのカレカレとオレンジ色のマンゴージュースがやってきた。二人が食事を始めたタイミングで大夏は本題を切り出した。

「昨日も電話で言ったけど、ふたりに頼みがあるんだ。実は、その、あの、うん。俺、私立探偵を始めようと思ってさ」

私立探偵と聞いて、メリッサとレイチェルはジュースとカレカレを噴き出した。

「イキナリ何ダ！」

「ヤッパリワルイモノ食ッタカ？」

「そうじゃないよ。この間、老松公園で小学生の女の子が殺された事件あったでしょ？　実はいろいろあって、俺、その事件の犯人を捕まえることにしたんだ。だから、ふたりにも協力してほしいと思って」

「話ガ見エナイ」

「オマエ、イツモ馬鹿ノ話シ方ダ」

「そうやってすぐに文句言わずに聞いてよ。実は殺された女の子は父親から虐待されてたかもしれなくて、そのことで児童相談所の女の子がとっても心痛めてて、その子は心もとっても綺麗なだけじゃなくて顔もすごく可愛くて」

それを聞くとメリッサが大きく鼻を鳴らした。

「ナンダ。女ニイイ格好シタイダケカ」

「違うって！　悪人を捕まえたいんだよ！　姐《ねえ》さんたちだって、そのうち結婚して子ども産むでしょ？　そのときに、この名古屋の街がもっと平和で安全な街になっててほしいとは思わないの？」

「ダケド、オマエが探偵？」

「アリエナイ、ヘソで茶が沸ク」

「あのさ、『パリス』って接待とかでいろんなお客が来るでしょう？　だから情報の宝庫なんだよ」

「ジョーホーの、ホーコ？」

「女の子たちの気を引くために、お客さんたちはいろんな話をしてくれるでしょ？『ここだけの話』って言って。それが情報の宝庫ですごく貴重なんだよ。その話を教えてほしいってことなんだ」

それでも納得していない様子のふたりに、大夏は探偵を始めることになった経緯を細かく説明し始めた。

☆

前日の土曜日。

つまり、佐野あすか殺害事件発生から四日目。

大夏はタペンスのオーナーの高崎から依頼されたアルバイト……結婚式の二次会での出張バーテンダー……をするために、自転車で名城公園へと向かった。名城公園は中区の二の丸三の丸から北区の名城にまたがる名古屋城址の公園だ。二次会の会場であるレストラン『ガーブ・カステッロ』は、その公園内の『トナリノ』という商業施設の中にあった。ウッド調の外観がお洒落な建物前の空き地に大夏は自転車を駐めた。一階にある珈琲チェーン店とコンビニとスポーツ用品店の脇を通り、外階段を上る。ウッドデッキに白いテーブルが並ぶテラスを抜け、総ガラス張りの店内に入る。配管剝き出しの天井にダークな色合いの床板。裏の従業員控室で、白いシャツに黒いベストとスラックス、そして黒い蝶ネクタイ姿に着替える。それからバーコーナーのセッティングを黙々としていると、招待客の最初のグループが入ってきた。

「え……だ、大夏さん？」

いきなり名前を呼ばれて振り返る。なんとそこにいたのは青いレースのドレスを着た加納秋穂だった。

「秋穂ちゃん？　うわっ、驚いたな」

「大夏さん、どうしてここに？」

「どうしてって、俺はバイトだよ。タペンスのオーナーに頼まれてさ」

「え……そんなことってある？」

「え？　なんで？」

「え？　大夏さん。何も知らされてないの？」

「え？　何が？　うーんと、結婚式の二次会ってことは聞いてるけど」

「……誰の結婚式の二次会だと思ってる？」

「え？　俺の知ってる人？」

「うん。麻実子」

「え？」

「麻実子」

「……え？」

そう。その結婚式の新婦は、ほんの数日前まで大夏が自分の彼女だと信じていた、米倉麻実子だった。そして新郎は、大夏が『金融工学男』と心の中で呼んでいた退屈嫌味エリート男だった。麻実子は大夏と遊びつつも、実際はあの金融工学男をオトす努力をその後も地道に続けていたのだと、ようやく大夏は理解した。

しかしショックは受けなかった。

ショックを感じないという事実が、大夏にはもうすっかり麻実子に気持ちがないということを自覚させた。それはある種、気持ちの良いことだった。

大夏はいつもよりさらに笑顔多めで明るく楽しく働いた。

麻実子が客たちから囃《はや》し立てられ、新郎と長めのキスをしたときも、気持ち良く大きな拍手を送った。麻実子に声をかけることもせず、式の間彼女も大夏に気づいていないようだった。

やがて二次会は終わった。

新郎新婦と招待客たちは三次会の店に流れていく。

大夏は心地良い疲れを感じながら、店の裏口のほうに、空き瓶や空き缶の廃棄に向かった。

「大夏さん」

そこでまた、秋穂に声をかけられた。

「あれ？　秋穂ちゃん、三次会は？　あ、そうだ。この前は思いっきりすれ違っちゃってごめんね。ほら、あの老松公園。あのあと実はいろいろ大変だったんだ」

「どうして大夏さんが謝るの!?」

秋穂は少し怒ったような顔になり、強い口調で言った。

「え？　何が？」

「だって、この間は私がここで待っててって言ったわけだし。ていうか、そもそものそもそもだって、嘘をついてたのは全部麻実子のほうだったのに、私、あの子の言うことばっかり信じて大夏さんに喫茶店で水までかけちゃって」

「それはもう、前に謝ってもらったよ？」

「それに麻実子、私のこと親友だ親友だって何度も言ってたのに、今日の今日まで自分の嘘を認めなかったんだよ？　本当に酷いよね。私、もう呆れちゃって、だから三次会は行かないって言っちゃった」

「そうなんだ……」

「それよりさ……もし大夏さんが大丈夫だったら、私、もう少し大夏さんとお話がしたいなって」

「え？　俺と？」

「うん。今日、ずっと大夏さん、麻実子の結婚式を台無しにしないように頑張って笑顔でお仕事されてて……そんな大夏さん見てたら、『ああ、この人は絶対信用できる』って……」

「あ、秋穂ちゃん……」

「今日は、このあと忙しい？」

「え？　いや、ガラ空き。うん。マジで、めっちゃガラ空き」

☆

それからふたりは、定休日だったタペンスに移動してたくさんの話をした。

秋穂が被害者の佐野あすかをもともと知っていたこと。

被害者の父親を怪しいと思っていること。

でもその父親は大物政治家の秘書で、なぜか自分の上司にも圧力をかけている気がすること。

佐野あすかを救えなかったことが今でも悔しくてならないこと。

そんな話を聞いているうちに、大夏は叫んでしまったのだ。

「じゃあ、俺たちふたりで佐野あすかちゃんを殺した犯人を捕まえようよ！」

「え？」

「俺だって、警察に殺人犯と誤解されて、実はめっちゃ真犯人には腹が立ってるんだ。大丈夫。こう見えて俺、人脈はバッチリあるんだ。警察が手に入れられないような情報でも俺なら手に入れられるかも！」

「でさ、こいつが神保っていう名前の児童相談所の課長なんだよ。彼女はこいつが圧力かけられてデータベースを改竄《かいざん》したと睨んでるんだ」

そう言って、大夏はメリッサとレイチェルにスマホに保存していた写真を見せた。それは秋穂の勤める児童相談所の懇親会のときの記念写真で、神保永昌は最前列の中央にいた。その写真を、昨日大夏は秋穂から転送してもらっていた。

「わ〜お！」

メリッサとレイチェルは同時に声を上げた。

「コレ、私の客！」

「え!?　マジで!?」

「ソー！　離婚匂ワセの、クソ客!!」

「ソーソー！　奥サンいるノニ、メリッサにプロポーズしたクソ野郎！」

「マジで？　いやもうびっくりだな。そうか、メリッサの客なんだ！」

「女ノ敵ダヨ！」

「デブ！」

「ブス！」

「まあまあ、とりあえず落ち着いて！　それじゃさ、こっちの写真も見てよ」

興奮しているふたりを宥《なだ》めつつ、大夏は次に佐野享吾の写真を見せた。佐野享吾の写真は、探せばネット上にたくさん流れていた。大夏は、選挙カーの上で『浮田一臣』というたすきをかけて演説している初老の男の隣りで、薄っすらと笑みを浮かべて立つ佐野享吾の写真を保存しておいた。手に白い革の手袋をはめている。

「わ〜お！」

またしても二人は同時に声を上げた。

「コイツも見タことアル！」

「接待デ店に来ル！　政治家のナントカ！」

「そうそう！　政治家の秘書なんだよ！」

「コイツの名前は知ラナイケド、政治家はアレだ、浮田ダ！」

「そうなんだよ！　こいつは佐野享吾っていうんだけどさ！　うわ〜、知ってるんだね。そうか。やっぱり俺って持ってるな」

「コイツ、何ワルイことシタ？」

「店デハ、ニヤニヤしてルダケだゾ？」

大夏は体を小さく丸めてふたりをテーブルの上に集めて、

「ヤマモトって知ってる？」

と、声を潜めた。

「ないノカ、写真ハ？」

「ああ、うん、その人の写真はないんだ」

「ソレは、無理ダ」

「ヤマモトって名前、イッパイいルゥ」

「そっか。いや、実はそのヤマモトって男はめっちゃ怖い人なんだよ！　そのヤマモトが急に俺の店に来て、こいつの写真を俺に見せたんだよ。で、『君の目撃した白い手袋の男はこいつかい？』って」

「ナンだ？　白イ手袋ッテ？」

「コイツ、自分のボスである浮田一臣の後援会を仕切ってるお金持ちのオバさんから、この白い手袋貰ったんだって。で、そいつに媚び媚びするために、いっつもこの白い手袋はめてるらしいんだよ。で、ここからが超重要なんだけど、俺が目撃した殺人犯も白い手袋をはめてたんだ！」

「殺人犯!?　オマエ見たノカ？」

「うん！」

「見たナラ、もう犯人ワカってルだろウ！」

「だけど暗くてさ。顔までは見えなかったんだ」

「ナンダソレは。私はオマエの話が見えナイゾ」

「うん。だからね。そのときは俺、ヤマモトさんに正直にそう言ったんだ。顔は見えなかったからわからないって。そしたらヤマモトさん、俺の頭を撫でて機嫌よく帰っていったんだ」

そこで大夏はコップの水を飲み続けて言った。

「でもさ、俺の愛《いと》しい秋穂ちゃんは、絶対にこの佐野享吾が怪しいって言うんだよ。そしてこいつの殺人の隠蔽に、自分のところの上司である神保永昌が協力してるんじゃないかって」

# 3

佐野あすか殺害事件発生から六日目。

神保永昌はいつものように昭和区にある児童相談所へ出勤した。窓際にある課長席に座り、メールチェックのためにパソコンを開くのと同時に、部下の菅原が外からの電話を回してきた。

「神保課長。中警察署の方からお電話です」

「警察？」

「はい。相談課の責任者をとのことです」

嫌な予感がした。

外線三番のボタンを押して通話を代わる。

「相談課の神保と申します」

「お忙しいところ恐れ入ります。私、愛知県警中警察署の刑事で、鶴松と申します」

「お疲れ様です」

受話器を耳に当てながら神保は少しだけ身構えた。

「ええとですね。ニュースになっているのでご存じかもと思いますが、佐野あすかさんという女の子をご存じでしょうか?」

「はい。ニュースで見ました。とても悲しい事件ですよね」

「私、その佐野あすかさんの事件の捜査本部の者なのですが、実はですね、その捜査本部に匿名でメールが来たんです。その内容がですね……あ、もうそのまま、読み上げますね。『佐野あすかちゃんは父親の佐野享吾から虐待を受けていました。過去、私は二度、児童相談所に通報しましたが、なぜかきちんとした調査は行われなかったようです。近隣の住人より。』……とまあ、こういう内容なのですが」

「それはちょっと心外ですね」

「まあ、匿名のメールですからね。私たちも全部が全部、真に受けているわけではないのですが、とはいえ殺人事件ですから、そちらにある佐野あすかさんに関するデータのコピーを捜査本部にご提供いただけないでしょうか」

「!」


五分後。

電話を切った神保はわざとらしく大きく伸びをした。

「喉が渇いたなぁ。コーヒーでも買ってくるか」

わざとらしく大声で独り言を口にしながら席を立つ。トイレの個室に入って鍵をかけ、ズボンも下ろさずに便器に座った。

(匿名のメールだと？　まさか加納秋穂じゃないだろうな？)

そんなことをついつい考える。が、今考えるべきはそこではない。警察に協力しないなんてことはありえない。しかし、こちらのデータを見たあとは、きっと加納秋穂に事情聴取もするだろう。そこであの女は何を話すだろうか。当然『自分はもっと調査をしたいと言ったが上司の神保から却下された』と言うだろう。『長文の調査コメントも書いたのに、いつの間にか誰かに改竄されていた』とも言うだろう。そうなったときに次に矛先が向くのは誰か？　自分だと神保は思った。そうなったときにどう自分の身を守るかが問題だ。そんなことをトイレの個室で必死に神保は考えた。


三十分後。

「ちょっと外出する」

神保はそう周囲に声をかけて外に出た。書類仕事をしていた秋穂の視線を感じたが、あえて彼女のほうは見なかった。児相のすぐ外で流しのタクシーを拾い、中区三の丸にある愛知県庁までと告げる。十五分ほどでタクシーは県庁に着く。屋上に名古屋城風の天守閣が聳《そび》えるこの鉄筋コンクリート造りの建物は、国の重要文化財にも指定されている。テラコッタタイルと瓦屋根のマッチングが鮮やかな庁舎。そのエントランスを抜け、神保は直接前田《まえだ》伸太郎《しんたろう》という大学の先輩が勤務する建設総務課へと向かった。

さらに三十分後。

神保はガッツポーズをしながら県庁舎から出てきた。スマホを取り出して中のデータを確認する。問題ない。音声はクリアで会話の内容がきちんと聞き取れる。神保はつい今し方、自分に極めて素っ気のない対応をした前田のスマホに電話をかけた。

「何だよ、神保。まだ何かあるのか？」

不機嫌そうな声で前田は電話に出た。

「そんなこと言わないでくださいよ。この電話はぼくから先輩への親切心なんですから」

「は？」

前田の声はさらに尖った。が、神保は怯まなかった。

「ついさっき、ぼくたちがどんな会話をしたか覚えてますよね。つい数分前のことですからね。先輩がどうしても頼むって言うから、自分は児相のデータベースを修正したんですよって会話です」

「おまえ、どこで話してるんだよ。そういうことを大声で喋るのは止《よ》せ」

「先輩、言いましたからね。いざというときは、ちゃんと浮田先生がおまえを守ってくれるからって。かなり面倒臭そうな言い方だったんで、自分はちょっとムッとしましたけど」

「神保。それはおまえがノーアポでいきなり押しかけてきたからだろうが」

そこで神保は切り札を出した。

「さっきの会話、録音してますから」

電話の向こうで前田が息を飲むのがわかった。

「先輩の誠意が信じられなかったので、保険、かけさせてもらいました。この録音データが流出したら先輩も終わりだし、佐野享吾も終わりだし、彼のボスである浮田一臣先生も終わりだし、そうなったら先輩たちが必死に進めてる例の産廃の利権もオシマイですよ。そのことをどうかお忘れなく」

それだけ言うと神保は電話を切った。そしてもう一度ガッツポーズをした。神保は今の今まで、自分のことを小心者だと思っていた。しかしたった今、自分は自分の殻を打ち破った。ピンチはチャンスとはよく言ったもので、もしかしたら自分はさらなる出世の切符を手に入れたのかもしれない。次の選挙で浮田一臣が五回目の当選を決め、彼がゴリ押ししている産業廃棄物の処理場の建設が決まれば、彼らのためにグレーな仕事をした神保にも、当初の想定以上の報酬があるだろう。それを考えただけで神保は天に舞い上がるような気分になった。

とそこでスマホが震え、着信を知らせた。

前田が泣き言を伝えにきたのかと思ったが、画面を見ると相手はフィリピン・パブ『パリス』のメリッサだった。

# 4

同じく佐野あすか殺害事件発生から六日目。つまり神保永昌が県庁勤務のエリートの先輩との会話をこっそり録音するのに成功したのと同じ日。大夏はたった一日で、多くの人たちと次々と顔を合わせることになった。

刑事、緒賀冬巳。

次に、一緒に事件を調査しようと誓い合った加納秋穂。

情報提供をお願いしたメリッサ。

と、後ほどさらに、レイチェル。

姉の広中美桜。

金華大学の教授で水素の専門家、畦地弦一郎。

弁護士、望月康介。猫バス男。

そして、最後に、ヤマモト。


なんとなんと、大夏はこのたった一日で、愛知県警が百人がかりで捜査しても解決できなかった『山浦瑠香殺害事件』を解決してしまう。

それは、いったい、どういうことだったのか。

☆

朝。まず刑事の緒賀が大夏を訪ねてきた。

その日、大夏は手には佐野享吾と神保永昌の画像がすぐに出せるようセッティングされたスマホを持ち、耳にはボールペンを挟み、ジーンズの尻ポケットにはわざわざこのために購入した小さなメモ帳を突っ込み、女子大小路の真ん中で始めたばかりの探偵業務に励もうとしていた。とにかく、佐野と神保について耳よりな情報をゲットしたかった。情報をゲットして、秋穂から頼りになる男と思われたかった。ちなみにその秋穂とはこの日のランチの約束をしていた。お互いが仕入れた情報を交換しようというのが、そのランチ・デートの大義名分だった。

時刻は七時。ギラギラとした原色のネオンは切られ、くすんだ灰色とくすんだ茶色のビルに穏やかな日の光が差している。ビル風がやや強く吹き、ポイ捨てされたビールの空き缶が、煙草の吸殻と酔っぱらいのゲロで汚れた路地をカラカラと転がっていた。この時間帯、客はいないしホステスの女の子たちももう帰宅しているが、裏方である男性従業員たちの姿は、掃除その他でまだ通りにチラホラと見える。今日の大夏の目的はそんな彼らから話を訊くことだった。が、誰から話を訊いていこうかと迷っている大夏の前に、いきなりふわりと見覚えのある男が現れた。

「やあ。朝早くから何をしてるんだい？」

「け、刑事さん！」

緒賀だった。彼に殴られた鳩尾の痛みが瞬時に思い出され、大夏は緊張した。

「け、刑事さんこそ、なんでこんなところに？」

「うん。実は朝の会議の前に君の顔をちょっと見たいと思ってね。それで君のアパートまで行こうと思っていたら、なんとその手前でこうしてバッタリ会えてびっくりしているところだよ」

「俺のアパートに？　どうして？」

緒賀はその質問には答えなかった。

「君、朝ご飯は食べた？」

代わりにそう訊いてきた。

「まだ、食べてませんけど」

「実は俺もなんだ。よし、そこのコメダで一緒にモーニングを頼もう。名古屋に転勤が決まったときから、東海地方のカフェのモーニングってやつをずっと楽しみにしていたんだ。さ、行こうか」

緒賀は大夏の返答も聞かずに強引に話を進めた。向かった先は、彼と、そして秋穂と最初に出会った因縁のコメダ栄四丁目店だ。数日前に殴られた鳩尾がズキリと痛んだ気がする。そして胃液の迫り上がるあの嫌な感じも思い出した。

「モーニングを二つ」

店に入るなり緒賀が勝手にオーダーをした。

「モーニングはドリンク料金でトーストとゆで卵が付きますが」

「それじゃ、ブレンドを二つで」

これも緒賀は勝手にオーダーをした。

「ところで君、あのあとヤマモトから連絡はあった？」

「え？」

「ヤマモトだよ。苗字だけで、カタカナのヤマモト」

「連絡は来てません。電話もなければショート・メールもLINEもないです」

緒賀に脅迫された夜、ヤマモトは直接タペンスにやってきた。その前にも後にも、いわゆる〝連絡〟がヤマモトから来たことはない。だから自分はこの緒賀という刑事に嘘はついていない。そう大夏は心の中で自分に言いわけをした。ちなみにこの日の夜、ヤマモトから初めての〝連絡〟が来るのだが、この時点では大夏は当然、そんなことは予想していなかった。

「あ、そう」

大夏の言葉を信じているのかいないのか、緒賀の表情からはわからない。なので大夏はただ黙っていた。

と、緒賀は持っていたクラッチ・バッグを開け、中から水色の小ぶりなノートを取り出した。

「ところで、このノートに見覚えはない？」

「？　や、全然ないです。何ですかそれ？」

「……」

緒賀がじっと大夏の目を見ている。嘘をついているのかどうか見極めようとしているように大夏には思えた。次に緒賀はそのノートを開いた。

「じゃあ、この記号の意味が何かわかる？」

そこには数字とアルファベットが並んでいる。緒賀と鶴松が名星小で入手したものだった。

「これ、誰のノートなんですか？」

「それはノーコメントだ」

「なんでこれを俺に見せてるんですか？」

「それもノーコメントだ」

「自分はノーコメントなのに俺には何か言えって言うんですね」

「そうだよ。それが刑事の仕事なんだ」

「……」

「で、この記号なんだと思う？」

ページをめくってみる。

次のページにも、中身は違うが同じ形式で記号が並べられていた。

「あー。これはあれっすね。エロいやつですね」

T H a 2 s 9

12 21 18 A K a p a s O

01 13 16 T T a p a s h O

Y Y a 3 s 10

01 19 16 S I a p a n n O

02 23 16 H H a p a n n O

03 05 17 O J a p a s O

そう大夏が言うと、緒賀の目が少しだけ大きく見開かれた。

「エロい?」

「たぶんですけど」

「この記号の何がエロい?」

「え? だってこれ、エッチのメモですよね?」

「は?」

「一番左の数字は日付でしょ? で、次がたぶん時間でしょ? で、右がホテルの名前でしょ? 上と真ん中のアルファベットは何かわからないけど、んー、ヤった相手の頭文字とかじゃないですかね」

「そんなバカな! おまえ、この子がいくつ……!」

いきなり緒賀が大きな声を出したが、言いかけた言葉を途中で飲み込んだ。

「この子?」

「忘れてくれ」

「え? まさかこれ、佐野あすかちゃんのノートですか?」

「だから忘れろ」

「……」

「ところで、どうして最後がホテルなんだ」

「や、だって、全部最初に『apa』って付いてるから。なら『apas』はアパ栄で、『apash』はアパ栄東で、『apanm』はアパ名古屋錦かな、なんて」

「……」

ちょうどモーニングがテーブルに運ばれてきた。大夏と緒賀は互いに無言のままそれを食べ、飲んだ。

「じゃ、俺は会議があるからこれで」

食べ終わると、緒賀は腕時計を見てからそう言って、千円札を二枚テーブルに置いた。

「多いですよ」

「朝から付き合わせたお詫びだよ」

そう言って緒賀は立ち上がったが、そのまま立ち去らず、すぐにもう一度同じ椅子に座り直した。

「じゃあ、『a2s9』とか『a3s10』とかはなんだ?」

「え?」

「最初のアルファベットも名前のイニシャルだとして、その横の『a2s9』とか『a3s10』はどういう意味だと思う?」

「……」

大夏は躊躇った。見たときからその意味はわかったつもりでいたが、そのノートがまだ小学生の佐野あすかのノートだと知ってから、それを言うのは人としてどうかと思ったからだ。だが緒賀は、大夏の意見を聞くまでその場を動きそうになかった。それで大夏はおずおずと伝えた。

「きっと、間違ってると思いますけど……」

「別に間違っててもいいよ。ただ、参考意見として聞きたいんだ」

そう緒賀が答える。

「会って二万セックス九万」

「！」

「『a3s10』は会って三万セックス十万かなって最初見たときは思いました。『a2s9』より『a3s10』の女の子のほうがちょっとだけ可愛いんじゃないですかね」

「……」

緒賀の顔色が白くなった。

「なるほど。参考になった。ありがとう」

大夏の目を見ずにそれだけ言うと、緒賀は店から出ていった。

しばらく大夏は、コメダのコーヒーを飲みながらひとり必死に頭を整理した。

殺された佐野あすか。

父親の佐野享吾に虐待されていた佐野あすか。

水色のノートに、おそらくは暗号のつもりでメモを書いていた佐野あすか。

あれは援助交際の記録だ。客が思う以上にバーテンダーは客の会話を聞いている。会うだけでいくら、ヤったらいくら、みたいな女同士の会話が聞こえてしまったことは一度や二度ではない。が、佐野あすかは十一歳だ。小学校五年生だ。なんで小学校五年生が……いや待て。大文字のアルファベットは最初と途中の両方にあった。最初のは女の子であり、数字のあとのが、その女の子を買った男の頭文字なのだろう。『a2s9』『a3s10』。どちらも普通の援助交際の相場より高い値段に思えた。なぜ高いのか。その理由を想像して大夏は吐き気を覚えた。

それにしても、なぜ他の女の子のそうした記録を佐野あすかが付けていたのだろうか。彼女が取りまとめや仲介をしていたのだろうか。なぜそんなことを始めたのだろうか。そうやって稼いだ金を何に使おうと思っていたのだろうか。そこまで考えて思考のループが最初に戻った。

殺された佐野あすか。

父親の佐野享吾に虐待されていた佐野あすか。

父親の虐待と、小学校五年生の女の子がそんな金を稼ごうとすることと、関係がないとは大夏には思えなかった。

(なんとしても佐野享吾にその罪を償わせてやる!)

そう大夏は心に誓った。

☆

十二時。

大夏は秋穂が予約してくれていた『CAFE FLOW』という店で彼女と会った。『CAFE FLOW』

は矢場町《やばちょう》から歩いて七、八分くらい。すべて長椅子のソファ席で、そのフワフワ感が大夏の気持ちを少しフワフワとさせた。そのソファの真ん中にちょこんと浅く腰掛けている秋穂がとても可愛くて、彼女を見ているだけでやはり心がフワフワした。

ただ……先ほどの佐野あすかのノートのことが頭から離れず、そしてそれを秋穂に伝えるべきか決心がつかず、百パーセント完全にフワフワした気持ちになることはできなかった。

「あれ？　大夏さん、今日はちょっと元気ないような。私の気のせいですか？」

秋穂が大夏の顔を覗き込んで言う。

「え？　いや、全然。普通だよ」

「そうですか？」

「うん。あ、たぶんあれだよ。このお店があんまり綺麗でお洒落で女の子ばっかりなんで緊張してるんだよ。秋穂ちゃん、いつもこういうところでランチ食べてるんだ。素敵だね」

秋穂はブンブンと両手を振った。

「まさかですよ。今日は予約したほうが良いかなと思って、ネットで検索してここにしただけで、普段はお弁当か、職場の近くのやっすい定食屋さんです」

「そうなんだ。何ていう定食屋さん？」

「え？」

「秋穂ちゃんが気に入って通ってるお店なら俺も行ってみたいなと思って」

「あー、でも、ちっちゃくて汚いお店ですよ？」

「そういうお店が良いんだよ。そのほうが落ち着くし」

「……」

「で、何ていう定食屋さん？」

「……」

「？　秋穂ちゃん？」

「あ、いや、お店の名前ど忘れしちゃって。何だったかな。いつも『いつもの定食屋さん』としか言ってなかったから」

「あー、そういうのあるよね」

そんな他愛のない会話を少ししてから、ふたりは本題である情報交換を始めた。

大夏から伝えたのは三つだ。
・神保課長が女子大小路のフィリピン・パブに頻繁に通っていること。
・そこでメリッサという女の子を口説いていること。
・そのメリッサが神保についていろいろ情報を仕入れてみると約束してくれたこと。
秋穂からは四つだった。
・『5ちゃんねる』というネットの掲示板に佐野享吾についての書き込みがあったこと。
・佐野享吾は後援会のマダム・キラーと言われているが、実は低身長でいつもシークレット・ブーツを履いていると書かれていたこと。本当かどうかはわからない。
・白い革の手袋についても『これみよがしなのが感じ悪い』と書かれていたこと。総じて佐野享吾は人としての評判が悪いこと。
・神保は今日、行き先も告げずに外出してそのまま戻ってきていないこと。
「でも、こんな情報、何の役にも立たないですよね……」

そう申し訳なさそうに秋穂はうつむいた。

「そんなことないよ。どんなことが事件解決のきっかけになるかわからないんだから、お互いどんどん調べて報告し合おう」

そう力強く大夏が言うと秋穂は小さく肯《うなず》いた。その肯き方がとても可愛かった。

ランチが運ばれてくる。

「よし。まずは食べよっか」

そう言ってナイフとフォークを持った瞬間、大夏のスマホが鳴った。

(まさか、もうメリッサ、何か突き止めた?)

そう期待しながら画面を見る。と、何と着信は姉の美桜からだった。

「!」

(なぜ美桜が?　いったいどういう風の吹き回しだろうか。まさか母の琴子に何かあったのだろうか?　とにかく悪い知らせに決まっている)

大夏は怯み、すぐに電話に出られなかった。

「電話、出なくていいの?」

そう秋穂が訊いてくる。

数コールで諦めるかと思いきや、美桜は延々と電話を鳴らし続ける。

「ごめん。じゃ、ちょっと出るね。姉貴なんだ」

そう言って大夏はようやく電話に出た。

「もしもし」

電話の向こう側から、戦闘モードに入っているときの姉の声が聞こえてきた。

「おい。最初に言っておくけど、口答えをしたり私の言う通りにしなかったらぶち殺す」

「は？」

「わかったか？　わかったらイエスと言え」

「いきなり何？」

「うだうだ質問をしてもぶち殺す」

「え……」

「わかったか？　わかったらイエスと言え」

「わかったけど……何？」

「まず今夜、我が家はすき焼きだ。それも飛騨牛のめっちゃ良い肉ですき焼きだ」

「はい？」

「黙って今夜は岐阜に帰ってこい。帰ってこなかったらぶち殺す」

「ちょ、ちょっと待ってよ。俺、警察から名古屋の外には出るなって言われてるんだよ」

「そんなこと知るか。おまえ、私と警察、どっちが怖いと思ってんの？」

「！」

「十八時だ。一分でも遅れたらぶち殺す。じゃ」

それだけ言うと美桜からの電話は一方的に切れた。

☆

秋穂は一時間きっかりでまた仕事に戻っていった。そういう律儀で真面目なところも素敵だと大夏はますます彼女が好きになった。

午後、大夏は再び女子大小路で佐野享吾と神保永昌について訊き込みをした。これといって事件解決にプラスになりそうな情報はなかった。

夕方にタペンスへ行き、いつものようにドアに貼り紙をした。

『ちょっと外出しています。冷蔵庫のビールでも勝手に飲んでいてください』

美桜が何を考えているのかわからなかったが、実家で十八時からすき焼きを食べたとして、二十一時には名古屋に戻ってこられるだろう。タペンスに客が増えるのは二十二時を過ぎてからだ。なので、この貼り紙で事足りるだろうと大夏は考えた。

地下鉄の栄の駅からまず名古屋駅へ。ＪＲ線に乗り換えようとしているところで大夏のスマホが鳴り始めた。

（今日はよくスマホが鳴るな）

そんなことを思いながら画面を覗くと、今度はメリッサからの着信だった。

「ダイキ！　ワタシ、ゲットした！　神保、ザマア！」

いきなりメリッサはそう喚《わめ》いた。

「メリッサ？　何がどうなってんの？」

「アイツ、このバッグニハ爆弾が入ってテルって言ってタ！　コレが世の中に出タラ、逮捕者たくさんって。きっと、アスカチャンのコト！　ダカラ、盗んダ」

「え？　盗んだ？」

「ソウ。オマエ、今、ドコ？　コノ鞄、スグニ渡シタイ！」

「俺、今、名駅だけど」

「よし。ソコニイロ。ワタシ、今、近くダ」

そしてメリッサは一方的にスマホを切った。

（今日はよくスマホ切られるな）

が、そんなことより、メリッサの話が本当なら、事件を解決する物凄い手掛かりが彼のバッグには入っていることになる。それは大夏としてもすぐに見たかった。なので名駅でメリッサを待つことはまったく苦ではなかった。

二十分後、改札越しにメリッサからくたびれた茶色の合皮のバッグを受け取り、そのままホームへの階段を駆け上がって快速の大垣《おおがき》行きに飛び乗った。これを逃すと十八時に岐阜の実家に着けない。美桜は殺すと言ったら本当に殺す女だ。遅刻は絶対に避けたかった。

思えば、岐阜に向かう電車に乗るのは二年ぶりだった。四人がけのボックス席に座る。斜め前に中年の女性がひとり座っていたが、大夏にはまったく興味を示していなかった。ひとしきり周囲を確認してから大夏は神保のバッグを開けた。

折りたたみの財布。中には現金一万三千円と小銭、あとクレジットカードが二枚。これに手をつけたら犯罪だ。そのままバッグに戻す。

透明ファイルに入った書類の束。これが犯罪の証拠だろうか。が、目を通してみると、出勤簿の管理だったり、備品の購入のための決裁書だったりするばかりで、佐野あすか殺害事件に関係ありそうなものはひとつもなかった。これもバッグに戻す。

ハンカチ。携帯用の歯間ブラシ。関係ない。戻す。

家の鍵。関係ない。戻す。

あとはスマホだ。

このスマホの中に、メリッサの言う、『世の中に出ると逮捕者が続出する情報』が入っているのだろうか。そっと触ってみる。ロックがかかっている。それはそうだろう。フェイス・ロックは機能しないし暗証番号も想像がつかない。さてどうしたものか。そんなことを思案していると、そのスマホが激しく鳴りだした。思わず「わ!」と声が出る。

『着信:非通知』。

この電話に出るのは危険だ。そんな気がした。話せば自分の声が相手にバレるし、よく刑事ドラマに出てくる〝GPS捜査〟というやつをされるかもしれない。そこで大夏は、そのスマホのサイドのスイッチを動かしてサイレントモードにした。そしてそのまま着信を無視してスマホをバッグに戻した。

（このスマホのロックを解除する方法はあとでネットで調べよう。自分ではできなくても、そういうことをお金でやる業者はいるはずだ）

そんなことを考えた。

（それか、秋穂ちゃんに相談するのもありかも。秋穂ちゃんなら神保の住所とか誕生日とかは調べられる。神保みたいなおっさんは、案外パスコードが自分の誕生日とか郵便番号とかありえる気がする）

そんなことも考えた。


やがて電車は岐阜駅に着いた。

（とにかくさっさとすき焼きを食べて女子大小路に帰ろう。帰ってまずは秋穂ちゃんにLINEをしよう）

そう思って大夏は二年ぶりの我が家へ向かって早足で歩き始めた。タマミヤ商店街を通り抜け、懐かしい十字路を左に。と、そこで大夏は道端でキョロキョロと辺りを見回している男と目が合った。

「あの。地元の方ですか？」

男が大夏に声をかけてくる。

「ええ、まあ」

「ああ良かった。実は『甍』というお店を探しているんですが、全然見つからなくて」

「え？　『甍』に行くんですか？　そこ、俺の家ですよ」

「え？　そうなんですか？　ということは、あなた広中大夏くん？」

いきなり見知らぬ男性にフルネームで呼ばれて大夏は緊張した。警察？　いや、まさか。ではヤマモトの仲間？　いや、それにしては身なりが紳士っぽい。そんなことを考えていると、男はフッと微笑み、握手を求めて右手を大夏のほうに伸ばしてきた。

「初めまして。私、畦地弦一郎といいます」

# 5

そもそも、なぜ突然すき焼きだったのか。

佐野あすか殺害事件発生から六日目。

つまり、神保永昌が県庁勤務のエリートの先輩との会話をこっそり録音するのに成功したのと同じ日。そして、大夏が緒賀から水色のノートを見せられ、佐野あすかの管理売春の疑いを知った日。そして、秋穂が自分の行きつけの定食屋の名前を思い出せなかったのと同じ日の昼。岐阜の大夏の実家で、美桜と母の琴子は昼食に〝鶏《けい》ちゃん焼き〟を食べようとしていた。

お気に入りのピンクのセーターに、下はピンクのジャージを穿いた琴子。午前中に、念入りにオンライン・パーソナル・ヨガをして体温が高めの美桜。

「いただきます」

そう言って美桜が箸を持ち上げたとき、突然琴子が言った。

「今夜はすき焼きにしましょうか」

「？　もう夜ごはんの話？」

「それでね。お肉は飛騨牛にしましょうね。それも一番良いやつ。Ａ５ランク」

物忘れが激しいのに『Ａ５ランク』なんて単語は覚えているんだな。まあ、良いけれど。美桜は心の中でつぶやいた。まあ、美味しいお肉は美桜も大好きだ。健康のために動物性タンパク質をとり過ぎないように意識はしているが、時には心ゆくまで食べたいとも思う。

「ＯＫ。じゃ、今夜はすき焼きね？　お昼が鶏肉で夜が牛肉でお肉が続くけど、ま、別に良いよね」

そう美桜が答えると琴子はニッコリとしてさらに言った。

「それじゃ、大夏にも連絡しなくちゃね」

「は？　大夏？　どうして？」

「だって、すき焼きは四人揃って食べるのが我が家の決まりでしょう？」

「はい？」

「昔からずっとそうしてきたじゃないの。すき焼きを食べるときは抜け駆けなし。すき焼きを食べるときは必ず家族四人。四人でテーブルを囲んで、それで仲良くすき焼きをつつきましょう」

「お母さん、ちょっと待って。私が小さい頃はそうだったかもしれないけど、今うちは二人家族だよ？」

「大夏も家族でしょう？」

「あれはもう死んだことになってるんだけど。私の中では」

「あらダメよ。勝手に殺しちゃ。すき焼きは大夏も一緒じゃなくちゃダメ」

「……」

美桜はここでも〝三十秒ルール〟を適用した。認知症初期の琴子には三十秒以上反論をしない、説得をしようとしない、やりたいことを止めないという、美桜のマイ・ルールだ。

「OK。じゃ、一応大夏に連絡してみるね。来るか来ないかはわからないけど、連絡はするね」

琴子はさらにニッコリとして続けた。

「あとはお父さんね。お父さんを入れてきっちり四人ね」

「は？」

「すき焼きは四人。正方形のテーブルにきっちり四人」

「いやいやいやいや、お母さん。お父さんはもういないでしょ？　大昔にフィリピンの女の人とどっか行っちゃって、それっきりどこにいるかわからないの」

「あら、そうだったかしら」

「そうだったの。だからどっちにしても四人は無理なの。やっぱり大夏のことも忘れて、すき焼き二人で食べない？」

琴子はさらにさらにニッコリとして言った。

「なら、あなたの正雄《まさお》さんを呼びましょう」

「はい？」

「正雄さん」

「誰？　草刈《くさかり》正雄なら、彼が好きなのは私じゃなくてお母さんだよ？」

「そうじゃなくてあなたの正雄さんよ。この前、美容院に送ってもらったとき、あなた、長良橋通りと柳ヶ瀬通りの交差点で楽しそうに喋ってたじゃないの。草刈正雄さんにそっくりな渋いナイス・ミドルの男性と」

「は？」

「何だか良い雰囲気だったわよ？　美桜なんて、時々ポッと頰を染めちゃったりして」

「頰を染める？　私が？」

「そう、あなたが。私、それを見て本当に嬉しかったの。あなたにもちゃんと女の子らしい心がまだ残っていたのねって」

「！」

琴子が言っている正雄さんというのは畦地のことだと理解した。確かにあの日あのとき、美桜は店では見せない全力の笑顔を何度も畦地に向けたとは思う。が、しかししかし、それと、いきなり『今夜、一緒にすき焼きを食べませんか？』と我が家にお誘いするのはあまりにも飛躍がありすぎる。そんな連絡をしたら、頭のおかしい危険なストーカー予備軍と思われるに違いない。

「正雄さんは、無理。絶対、無理」

最大限にキッパリとした口調で美桜は琴子の提案を却下した。

しかし琴子は引き下がらなかった。

「無理かどうかは連絡してみなくちゃわからないじゃないの。もしかしたら正雄さんも今夜はすっごくすき焼きが食べたくて、だけど飛騨牛はちょっとお高いな、なんて思ってるかもしれないでしょ？」

「そういう問題じゃない」

「そういう問題よ」

「どういう問題よ」

「とにかくお母さんからの一生のお願いです。今すぐ正雄さんをすき焼きに誘いなさい」

「何でそんなことに一生のお願いを使うのよ！」

「娘の幸せを願うのは母として普通のことでしょう？」

三十秒を大幅に超え、三分言い争ったが琴子は折れなかった。

「お昼ご飯がすんだらすぐに連絡してちょうだいね。お母さんはタマミヤ商店街に行って、おネギと、白菜と、それから飛騨牛を買ってくるから」

琴子はそう言うと、とても満足そうに鶏ちゃん焼きを食べ始めた。


最近は自分の言ったことをすぐに忘れてしまう琴子だったが、昼食を終えてもすき焼きの件はしっかり憶えていた。テキパキと後片付けをすませると、エコバッグを腕に提げてさっさとタマミヤ商店街へ出掛けていった。

家にひとり取り残された美桜。

（電話を？　掛けるの？　私が？）

美桜は机の引き出しにしまっておいた畦地の名刺を取り出した。スマホの番号が印刷されているのは憶えていた。

（いやいや、でもでも、変過ぎるよね。突然『今夜すき焼きどうですか？』って。しかもこれ、私からの初めての電話になるんだよ？　まいったな）

名刺を持ったままベッドに座り、すぐに立ち上がり、また座った。

（親孝行。これは親孝行。人生、親孝行）

もう一度立ち上がり、もう一度座る。三度目に立ち上がった美桜は、そのまま一気に畦地の電話番号を入力した。

　呼び出し音。

『はい、もしもし』

　何と、ワン・コールで畦地は出た。

「ええと、先生。憶えていますか？　広中美桜です」

『あぁ、こんにちは、美桜さん。憶えていますよ。今日はどうされました？　その後、事件と弟さんとのこと、何か動きがあったんですか？』

「弟？　いえ、今日はその件じゃなくてですね。えーと、実は母が急に今夜は飛騨牛のすき焼きが食べたいと言い出しまして」

『はあ』

「それもですね。どうしても、母と私と弟と、それから先生の四人で食べたいと」

『私と？　ですか』

「ごめんなさい。おかしな話ですよね」

『そうですね。ちょっと不思議なお話ですね』

「そうなんです。私も何度も母にそう言ったんですけれど、うちの母は認知症の初期で、ちょっと会話が嚙み合わないことがあって、あ、ちなみに私の母は草刈正雄の大ファンで、なぜか先日、私と先生が交差点で立ち話をしているのを見て、先生のことを正雄さんと認識してしまいまして、それでなぜか、すき焼きは四人で食べるものだから、でも父がフィリピン女性と蒸発して行方知れずなものですから、ぜひここは四人目に正雄さんをって、ごめんなさい。自分でも何を言っているのかわからなくなってきました」

言いながら、なぜか少し涙が出てきた。

『なるほど。いえ、すき焼きのお話の経緯は理解できたと思います』

畦地の声はいつも落ち着いている。

『つまり、この電話はあなたの親孝行なのですね？』

「え？　あ、はい、そうです。そうなんです」

『素敵です。私は小さい頃に両親をふたりとも亡くしてしまいましたので、親孝行というものをする機会がありませんでした。なので、せっかくの機会ですし、今夜はあなたの親孝行を応援させていただいても良いですか？』

「え？」

『すき焼き、ぜひご一緒させてください』

「！　ありがとうございます！」

電話なのに、美桜は深々とお辞儀をした。実家である純喫茶『甍』の住所を伝えて電話を切る。また少し涙が出た。

すき焼きは、琴子の希望通り決行されることになった。

美桜は次に大夏に電話をかけた。

『もしもし』

電話の向こう側からいつもの間抜けな弟の声が聞こえてくる。

「おい。最初に言っておくけど、口答えをしたり私の言う通りにしなかったらぶち殺す」

『は？』

「今夜、我が家はすき焼きだ」

大夏の慌てる様子を無視して美桜は一方的に命令した。

「黙って今夜は岐阜に帰ってこい。帰ってこなかったらぶち殺す」


十八時十五分。

テーブルの上には、飛騨牛、白菜とネギ、白滝と焼き豆腐が並んでいた。コンロの上の鉄製のすき焼き鍋からは、醬油と砂糖のしょっぱくて甘い香りが漂い始めている。

広中家の茶の間の一番奥には畦地。畦地の右隣りに大夏。左隣りには美桜。そして正面には琴子が座った。

「正雄さんは日本酒は辛口が良い？　それともフルーティなほうがお好み？　今日は日本で一番小さな酒蔵って言われている杉原《すぎはら》酒造さんの純米『射美《いくび》』があるんですけどいかがかしら」

畦地は柔らかく微笑んで頭を下げた。

「アルコールはあまり得意ではないのですが、それでは一杯だけ。お母様のお勧めのお酒をいただきます」

琴子が嬉しそうに畦地に酒を注ぐ。

「先生、こちら、チェイサーにどうぞ」

言いながら、美桜が『逃げない水素水36』のペットボトルを畦地の前に置いた。

「……」

そんな様子を眺めながら大夏はじっと黙っていた。目の前で何が起きているのかはさっぱり理解できなかったが、長年この家に暮らしていた経験から、今は口を開くべきではないと思ったのだ。

「さ、割り下が沸いたわ。お肉を入れましょう！」

琴子が高らかに宣言し、A5ランクだという最高級の飛騨牛を気前よくポンポンと鉄鍋に入れ始めた。

そのときだった。

大夏のスマホが鳴った。画面を見た瞬間、大夏は悲鳴を上げた。

画面には『着信：ヤマモト』と表示されていたのだ。

「大夏!?　食事のときはスマホ切りなさいよ！」

そう美桜から咎《とが》められたが構わず電話に出た。

「もしもし」

電話の向こうから最初に聞こえてきたのは女性の声だった。

『ダイキ！　助ケテ！』

「え？　メリッサ？」

すぐに電話の声は男に替わった。

「ハロー、マイ・フレンド！　飛騨牛のすき焼きはご機嫌かい？」

「え？」

『突然だけど、君の友達のメリッサとレイチェルには死んでもらおうと思う』

「え？」

『それが嫌なら、今から言う場所に神保のバッグを持ってひとりで来い。バッグの中のものをいじったり、警察に通報したりしたら、メリッサとレイチェルは死ぬ。わかったね？　マイ・フレンド』

☆

大夏と電話で話す少し前。ヤマモトはひとり車を走らせていた。重要な局面では運転手を車から降ろして自分でハンドルを握り、大きな声で独り話しながら思考を整理するのが彼の流儀だった。

「死体をどうしようか」

ヤマモトは声に出して言った。

「埋めてしまうのか。それとも見つけさせるのか」

どちらにもメリットとデメリットがある。

埋めてしまうほうが目先は安全に思える。

死体が出てこなければ殺人事件としての捜査は始まらないからだ。

しかし埋めた死体が不運にも掘り起こされるリスクはゼロではないし、その万が一が起きたときの〝被害〟は甚大だ。

では、わざと見つかるような場所に放置する？

たとえばどこに？

どんな風に？

殺人ではなく、不慮の事故や自殺に見せかけることは可能だろうか？


山間の県道を進み、途中からは舗装のされていない砂利道に進入する。

『この先行き止まり』という看板が立っているが無視する。

五百メートルほど進むと短いトンネルが現れる。トンネルの入口には『この先、私有地につき立入禁止』という看板が立っていたが、それも無視して先に進む。

トンネルの向こう側に出ると、突然、道の輪郭がフェイドアウトするようになくなり、広く大きな窪地に突き当たる。周囲は鬱蒼《うっそう》と茂る森だが、その窪地だけは整地されており、まるで巨人の頭にできた巨大な円形脱毛症のようだ。

ヤマモトは車を停めて外に降り立った。辺りを観察する。窪地の斜面はそこそこの勾配があり、死体を担いで深い底まで降りるのは楽しい作業とは思えない。

しかしそれでも、自殺に偽装するよりは手間もリスクも少ないだろう。

ヤマモトは大きな声で独り言を言った。

「やっぱりプランAのまま進めようかな」

「私、お父さんと暮らす」

自分が黙っていたら相談もなしに姉が言った。

「別に私はどっちでも良いの」

そう毒親一号が言った。

「じゃあ決まりだな。お姉ちゃんは私と。おまえはお母さんと暮らすんだ」

そう毒親二号が言った。

きょうだい一緒に暮らすという案はまったく検討されなかった。


毒親二号がいなくなると毒親一号の猛毒度が増した。しかも子どもが自分だけになったので、その猛毒をひとりでフルに浴び続ける日々が続いた。暴力。罵詈雑言。浪費。ネグレクト。あと平気で自宅に男を連れ込む。あのときの母親の声を薄い壁越しに聞かされるのは、思春期初期の子には耐え難かった。自分が大人の女性に対して反射的に嫌悪感と警戒心を抱くのはこのときのことが原因だと思う。


腹立たしかったのは、離婚後、毒親二号のほうからは毒が抜けたらしいことだ。結婚していた頃のあれこれを取り返そうと、せっせと良い親というのをやっているらしい。そんなことを風の便りで聞いた。

何という不公平。

何という理不尽。

中学卒業と同時に毒親一号は男とどこかに消えた。自分はそれを誰にも教えなかった。生身の人間がとにかく苦手で、時間があるときはアニメばかりを観て過ごした。

高校を卒業したタイミングで、あっちから連絡が来た。

幸せそうだった。

殴り倒してやりたいと思ったけれどそれはできなかった。

「虫酸《むしず》が走るから自分の前に顔を出さないでよ」

そう言ったら悲しそうな顔をしたけれど、七年も放っておいて今更良い人ぶるなとしか思わなかった。

# 04 scene

Detective of Joshidaikoji

# 1

運命の日。

大夏にとっての〝運命の日〟。

あともう少しでゴールデン・ウィークが始まるという、とある春の平日。

久屋大通公園の真ん中にある『希望の泉』という噴水のすぐ脇で、大夏は首筋に注射針を突き立てられ、足がもつれ、転倒し、頭を打った。世界がグニャリと歪み、大夏のそれまでの人生が走馬灯のように脳内を流れ始めた。そして自分がいかに間抜けだったかを痛感するとともに、いかにたくさんの人たちに迷惑をかけたかを反省もした。

そうなのだ。人間の脳は、普段はまるでたいした活躍をしてくれないのに、いざ〝死〟が目の前に迫ると、回想と後悔と反省のマルチタスクをあっさりこなす。この頭の回転が平時にもあったなら、こんな風に注射針を突き立てられることもなかったろう。

記憶の断片が現れては消える。

たとえば真っ赤なダイハツ・タント。使いこんだ琴子のタントではなく、ピカピカの新車のタント。その定員四人の車内にきっちり四人が乗っていた。

大夏。

美桜。

なぜか畦地。

そしてさらになぜか弁護士の望月。

『ぼくはただ、美桜ちゃんとドライブ・デートがしたかっただけなのに！』

ハンドルを握りながら望月は悲痛な声で叫んでいた。

『どうしてこんなことに！　どうしてこんなことにぃぃぃ！』

（うん。それはね、モッチー弁護士。ヤマモトからの電話を切った直後に、あんたが姉貴に電話をかけてきたからなんだよ。『今日も「グレイス」に来てるけど、君とこれからドライブ・デートがしたくて水素水しか飲んでないんだ。うふ』なんて電話をしてくるから。そして『ちなみに今日はお昼に「タイヤショップ早野」に行って低燃費タイヤに交換してもらって、ついでにエンジンオイルも最高級のに換えちゃった。だからぼくのタントくんは今や岐阜から名古屋までたったの二リッターで行けちゃうんだ。どう？　惚れた？　今からふたりでエコなドライブをしてロハスな愛を確かめ合わない？』なんてキモい口説き方をするから、便利に足にされちゃったんだよ。でも、ごめん。元はと言えば俺のせいだ。モッチー。あのときは巻き込んじゃってごめんなさい）

転倒した体が一度は反動で跳ね上がり、それからもう一度、二度目の地面への激突と向かって落下していく間に大夏はそんなことを思う。

そういえばあのときも畦地弦一郎はクールだった。

『これも、いわゆる「乗り掛かった船」というやつでしょう。それに「ひとりで来い」という相手の言葉を無視するなら、ひとりよりはふたり。ふたりよりは三人でしょう』

そう涼しげに微笑んで、誘拐犯でありおそらくは殺人犯でもある男たちの前に平気で立った。

（なるほど、姉貴が惚れるのってああいう男か。俺とは正反対だ）

スローモーションで落下をしながら大夏はそんなことも思う。そして思い出したくもないのにヤマモトのことも思い出す。

『ハロー、マイ・フレンド！　飛騨牛のすき焼きはご機嫌かい？』

（何がマイ・フレンドだ。嫌味な発音をしやがって。たった今気づいたけど、やつが飛騨牛のすき焼きのことを知っていたのは、名駅でメリッサから神保のバッグを受け取るとき、『今から実家ですき焼きなんだ。飛騨牛。どうしても断れなくて』って俺が言ったからだ。それをやつはメリッサから聞き出しただけだ。なのにあのときは、あいつを超能力者か何かと勘違いして俺は心底怯えてしまった。情けない。そしてムカつく。ヤマモト、ムカつく。ムカつく。ムカつく。だからそのヤマモトに対して、姉の美桜が一歩も引かなかったときは我が姉ながら心の底から尊敬した。格好良かった。俺はこんなにも格好の良い女の弟だったのかと感動した）

美桜。広中美桜。そういえばあれはヤマモトと対決してから何日後だったたか。大夏のアパートのドアを蹴破るような勢いで、いきなり美桜が訪ねてきた。

『おい。今おまえのその鳩尾のあたりでグルグルしてること全部話せ』

そう仁王立ちの体勢で美桜は言った。

『思いっていうのはな、飲み込まなきゃいけないときもあるけど、飲み込んだままだと酷い便秘になって心をウンコまみれにもするんだ。だから今日は話せ。事件のことも、おまえの元カノのことも、おまえを振った新しい女のことも、とにかく洗いざらい全部話せ。素直に話さなかったらぶっ飛ばす』

わけがわからなかった。でも美桜の拳は怖かったし、話し始めたら止まらなくなって、ありとあらゆることを大夏は全部ぶちまけた。途中から泣いていたかもしれない。何もかも話して、もう逆さまに振っても鼻血も出ない状態まで話し切った。美桜はじっと黙って聞いていた。

『気がすむまで引きこもってて良いけど、飯だけはちゃんと食えよ』

最後にそう言って部屋から出ていった。

(あれはいったいなんだったのだろう)

そんなことを考えているうちに、大夏の頭部及び顔面が地面と二度目の衝突をした。小さな星がいくつか散って、そして意識がなくなった。

「あれ？　どうしたんですか？　具合、悪いんですか？」

〝待ち人〟は大夏にかがみこみながらそう言った。そして大夏の左腕を自分の肩に回して担ぐ。

〝殺人犯〟が無言で、反対側から大夏を担ぐ。注射器はすでに自分のポケットにしまっている。

「じゃあ、私の車で送ります」

そう言いながら、〝待ち人〟と〝殺人犯〟は、ぐったりとしている大夏の体を、あらかじめ近くの側道に路駐しておいた黒のミニバンまで運んで後部座席に乗せた。

## 2

「トンネルに着く前に作戦会議を開いたほうが良いかと思うのですが、みなさん、いかがでしょう」

そう言い出したのは畦地だった。ちなみにトンネルというのは、旧濃尾《のうび》第三トンネル。心霊スポットとして有名で、普段はほとんど人は通らないが、たまにユーチューバーが肝試し動画を撮りにいっては再生回数を稼いでいるらしい。ヤマモトが『神保のバッグとメリッサ、レイチェルの交換場所』として指定してきたのがその旧濃尾第三トンネルだった。

「望月さん、このままだと話をしているうちに現地に着いてしまうので、一度車を止めてください」

望月は旧道のわきの藪《やぶ》の際《きわ》に真っ赤なタントを止め、ヘッドライトも車内のライトも消した。

大夏、美桜、畦地、望月の四人を漆黒の闇が包む。

「まずは役割分担を決める必要があると思うのです」

畦地が言う。

「役割分担？　ですか？」

「そうです。これからどんな状況になるかわからないんですから、誰かは車に残ってエンジンをかけたまま、みんなの戻りを待つべきでしょう」

「なるほど！　それならぼくと美桜ちゃんが残るってことですね！」

望月の声がとてもわかりやすく弾んだ。

「どうして私と？」

助手席の美桜がキツめの声で訊く。

「だって美桜ちゃんはか弱い女の子だし、ぼくは頭脳はまあまあ優秀だけれどフィジカル系は得意じゃないし、そもそもこの車はぼくの車で、しかもここまで運転もしてきたんだから、多少はそのご褒美的なことがあっても良いんじゃないかなって」

「ご褒美？　は？」

さらに美桜の声がトゲトゲしくなった。仕方なく大夏が口を挟む。

「あの、望月さん。昔、大垣のヤンキーのリーダーとかいう男が姉貴に車の中でキスをしようとして殴られて鼻の骨を折ったって事件があったんで、そこは気をつけてくださいね」

「はい？」

「とにかく！　うちのクソ弟が原因で女の子が二人も危ない目に遭ってるんだから、大夏と私のふたりが行きます。畦地先生と望月先生は、その間静かに車で待っててもらって、万が一のときは警察に通報してください」

「え？　おじさんとふたりきりで車の中に？　そんなの嫌だよ！　ぼくはそんなことのためにこの車を買ったんじゃない！」

望月が駄々っ子のように叫ぶ。

「いやいや、私は留守番ではなく、そのヤマモトという男と話してみたいな。せっかくここまで来たわけですし」

「はい？」

「畦地先生？」

「そのヤマモトという男は玄人《くろうと》なんでしょう？　そういう人はイケイケに見えて、実際は慎重なタイプが多いですよ。どこの誰かわからない男が現れたら、そいつが何者か確認するまでは変なことはしないと思います。つまりこちらが多少主導権を取りやすくなります」

「あの、畦地先生。なぜそんなことにお詳しいんですか？　畦地先生は大学の先生ですよね？」

美桜は相手が望月か畦地かでまったく違った声を出す。そのときは、畦地はその質問には答えなかった。

「バッグの中身を見る限り、誘拐事件を起こしてまで彼らが取り戻したいと思っているのはこのスマホでしょう。これを奪われたら私たちは終わり。逆にこれを持っている限り、どんなに脅されても実は私たちのほうが有利です。それを忘れずにいきましょう」

穏やかに、しかし力強く話す畦地の声を聞きながら、大夏はゲーム『三國志』などに出てくる有能な軍師と同じ車に乗っているような気分になった。

一時間ほど前まで岐阜の実家で彼と同じ鍋を囲んでいた。まだ飛驒牛は一口も食べていない。大夏のせいで女の子がふたり誘拐されたと告白するやいなや、美桜が怒りの形相で立ち上がった。

『でも、ヤマモトさんは俺にひとりで来いって言ってるんだよ』

そう大夏が言うと美桜は吠えた。

『犯罪者に「さん」付けとかするな！　だいたいおまえみたいなヘタレがひとりで行ったって、一緒になって殺されて埋められるだけだ！　おまえが殺されるのは自業自得だけど、それだと巻き添えのふたりの女の子が可哀想過ぎる。だから私が行く！』

『じゃあ、私もご一緒しましょうか』

畦地が静かに、買い出しに一緒に行きますくらいのテンションで言った。

『これも、いわゆる「乗り掛った船」というやつでしょう。それに「ひとりで来い」という相手の言葉を無視するなら、ひとりよりはふたり。ふたりよりは三人でしょう』

そう畦地が続ける。

『じゃあ、お肉は冷蔵庫に戻しておきますね。美桜が行くんならそんなに時間はかからないでしょう？』

琴子がニッコリと笑って言った。それで、最高級の飛騨牛は冷蔵庫に戻り、大夏たちの帰りを静かに冷えたまま待っている。


「じゃあ、こうしましょう」

美桜が最終結論を出した。

「まずは私がひとりで行く。それで膠着《こうちゃく》状態のままだったら畦地先生に助けてもらう。もし乱闘になったら望月先生は車で逃げる。でもその神保とかいう奴のバッグは大夏が抱えたまま、敵に見られないよう途中で森の中に飛び降りる」

「え？」

「なるほど。いざというときは望月先生がオトリになって敵を引きつけ、神保さんのバッグとスマホを守るわけですね」

「そんな心配そうな顔しないでよ、望月先生。ダイハツのタントは燃費抜群だから、頑張って逃げれば絶対先に敵がガス欠になるから」

「……ぼくはただ、美桜ちゃんとドライブ・デートがしたかっただけなのに。どうしてこんなことに！　どうしてこんなことにぃぃぃ！」

# 3

『わ』ナンバーの黒いミニバンが動き出す。

後部座席の窓にはスモークが貼ってあり通行人からはよくは見えないようになっている。

このミニバンはレンタカーだけれど、正規の手続きを経て借りたものではない。なので、返してしまえば後々足が付くことはない。ドライブ・レコーダーの電源はオフにしてある。総走行距離は誤魔化せないが、そんな数字をレンタカー会社のスタッフがきちんとチェックしないことは知っていた。

黒いミニバンは法定速度を守って慎重に走り出す。

と、最初の角を左に曲がってすぐの前方に予期していなかったものが現れた。

# 4

国道から県道へ。舗装路から砂利道に。やがて真っ赤なダイハツ・タントは古い石造りのトンネルの目の前までやってきた。旧濃尾第三トンネル。馬蹄形《ばていけい》をした縦横三メートルほどのトンネルの入口が、石壁を這うシダに包まれるようにしてひっそりと佇んでいる。茂みに車の頭を突っ込み強引にUターンをさせる。いざというときにすぐに全力で逃げるためだ。

まず美桜が助手席からひとりで降りた。

トンネルの奥が光っている。車が二台。バイクが三台。そのどれもがエンジンをかけたまま、そしてヘッドライトをつけたままだ。その光の前に小柄な男がひとり立っていた。

「こいつは驚いたな。広中大夏くんと待ち合わせをしていたつもりなのに、びっくりするような美人さんの登場だ」

男の声がうわんうわんとトンネル内で反響する。

「あんたがヤマモト？」

美桜が大声で尋ねる。

「はい。私がヤマモトです」

「あれ？　私、前にあんたに会ったことある？」

「まさか。あなたのような美人さんなら一度会ったら忘れないと思いますが」

「いやいや。私が錦のクラブで働いてた頃に会ってるよね？　私、愛想は悪いけど記憶力は良いんだよね。あのときはあんた、ナカタって言ってなかったっけ。『真ん中の中ですか？　仲良しのほうの仲ですか』って訊いたら、あんた『カタカナのナカタです』って言わなかったっけ？」

「……」

「ラッキー。これで何かあったら私、あんたのことを洗いざらい警察に喋れるね」

「そんな物騒なことを言わないでくださいよ。ところでなぜ錦の美人さんがこんな山奥のトンネルに？」

「今は私は柳ヶ瀬だよ。そしてあんたに脅されてる広中大夏の姉だ」

「お姉さん？」

「そ」

「私みたいな者にあっさり自分の身元をバラして大丈夫ですか？　大夏くんのお姉さんという情報だけで私は簡単にあなたの家くらい突き止めますよ？」

「そんなの全然怖くないね。事と次第によっちゃ、私は今日、あんたの頭をカチ割ってこの山に埋めるつもりだから」

「……」

「あら？　ビビったの？」

「いえ。全然ビビってはいないんですが、あなたの乗ってきたそのダイハツのタント。男の人らしき後頭部が三つも見えてるんですよ。一つは大夏くんだとして、残りのふたつは誰なんだろうと考えてました」

「刑事だったりして」

「まさか。刑事さんだったらさすがにあなたより先に車から降りるでしょう」

ヤマモトはそう言って笑い、それからポケットからオペラグラスを出して、真っ赤なダイハツ・タントを観察した。

「あー、おひとりはとても体が大きいな。わかった。弁護士の望月康介先生ですね。大夏くんが逮捕されたときに中警察署に来た弁護士さんだ」

☆

「ひっ、バレてる！」

運転席の窓を開けて外の会話を聞いていた望月は、恐怖で体をキュッと縮めた。

☆

「そうだよ。弁護士先生だよ。何かあったときは弁護士同伴のほうが有利でしょ？」

「何かあったときとは？」

「だから、それはそっち次第だよ。それよりメリッサさんとレイチェルさんはどこ？」

「そちらこそ神保課長のバッグはどこですか？」

「そこのタントの中で大夏が後生大事に抱きしめてるよ。で、メリッサさんとレイチェルさんは？」

「私の真後ろの車です。バッグを返してくれたらすぐに解放しますよ」

「ふざけんな、クソが。先に彼女たちを返せ」

「……」

「なんだよ」

「せっかくの美人さんなのに言葉遣いがあんまりだ」

「女の子を拉致るような人間のクズ相手に言葉遣いもクソもないだろ」

「……」

「だいたい、あんたは喧嘩は弱そうだし、後ろの兵隊もたったの五人じゃん。私ひとりで三人はやれるし、残りは私が連れてきた〝法曹界のベイマックス〟と言われた望月先生がぶっ殺してくれるでしょ」

「……」

「やめてよ、美桜ちゃん。俺、フィジカル系はダメなんだってあんなに説明したのに。ハッ。ハッ。どうしよう。ハッ」

そう言って望月は過呼吸を起こしかけた。

☆

☆

「さあ。早くメリッサさんとレイチェルさんを返せ。さっさと返さないと神保のスマホの中身をインターネットにばら撒くよ」

ヤマモトは声を上げて笑った。

「ロックされているスマホのデータをどうやってばら撒くんですか？」

その瞬間だった。それまでじっと美桜とヤマモトの会話を聞いていた畦地が、突然後部座席のドアを開けて外に出た。

「あ……畦地先生？」

ヤマモトが驚きの声を上げる。

「え？　知り合い？」

それを聞いた大夏と美桜が同時に叫んだ。

「直接の知り合いじゃないんですよ。ただ、夫が名古屋でかなりグレー・ゾーンな仕事をしているもので、それでもしかしたらとは思っていました。悪い予感が的中で残念です」

畦地は苦笑いを浮かべながら説明する。

「こいつはまいったな……」

ヤマモトが頭髪に手をやりながら顔を顰めた。

「ちょっと待ってください。夫？　え？　妻、の言い間違いですか？」

「いいえ、夫です」

「畦地先生の、夫？」

「はい。まあ、どちらが夫でどちらが妻か、みたいなことは気にしていないんでどちらでも良いんですが」

「マジですか。そうですか。畦地先生、そういうご結婚をされてたんですか」

美桜が傍目からも気の毒なほど項垂《うなだ》れた。

「ところで畦地先生はどうしてここに？」

「こちらの彼女は私の大事な生徒さんなんですよ。とても熱心に水素について勉強してくれてます。そしてびっくりしたことに、弟さんは女子大小路の『タペンス』で働いているというじゃないですか。これはまさにご縁と言いますか、なので『乗り掛かった船』と思ってここまで来たというわけです」

「なるほど。言われてみれば、『タペンス』は今高崎先生がオーナーでしたね」

☆

「え？」

車中にいる大夏から声が出た。

☆

「高崎先生ってどなたですか？」

「会計士です。本人は法に触れるようなことはしませんが、なまじ優秀な会計士なものですから、いつの間にか法に触れる人たちの金庫番を頼み込まれてやるようになってしまいまして。私は何度も止めたんですけどね」

「え？　その高崎先生というのが畦地先生のパートナーですか？」

「はい。私の夫です。そしてヤマモトさん。あなたの組織の会計士でもありますよね？　帳簿のデータを暗号化したり、逆に暗号化されてるデータを解読したりできる程度には優秀でグレーな会計士。彼の人脈を使えばスマホのロックの解除はきっとできると思うのですが、どうでしょう」

「……」


「そりゃ、高崎さん、警察を嫌いなわけだ……」

大夏は小さく呻《うめ》いた。今までの謎めいた高崎の言動の一部が腑に落ちた気がした。

☆

☆

「あ、そう言えばヤマモトさん。最近、産業廃棄物の処理場誘致絡みでたくさん経費を使っているそうですね。その産廃場の場所がこのトンネルを抜けたところだっていうのはただの偶然ですか？」

畦地はさらにそう畳みかけた。ヤマモトはそれに対してイエスともノーとも言わなかった。ただ黙って思案していた。

ヤマモトの背後に立っている五人の兵隊たちは身じろぎひとつしなかった。

美桜と畦地はヤマモトの出方を黙って待った。

真っ赤なタントの中では、大夏と望月は、じっと息を潜めて成り行きを見守った。

雲の切れ目から月が出ている。

風が少し強くなり、木々の葉をザワザワと揺すった。

やがてヤマモトが再び声を出した。先ほどまでの慇懃な響きはなくなり、裏社会の人間らしいドスの利いた低い声で言った。

「俺たちは、別に佐野享吾を守りたいわけじゃない」

## 5

それは検問だった。

制服警官たちが五十メートルほど先で検問をしていた。

飲酒運転の取り締まりだろうか。しかしまだ時刻は十八時。太陽も沈み切っていない時間に飲酒運転の取り締まりは奇妙だ。

「ん……ん……」

後部座席で、大夏が呻き声を漏らす。その声は決して大きくはなかったが、それを聞けば警官たちは必ず違和感を持つだろう。

「違う道を行こう」

そう〝待ち人〟は言った。

〝殺人犯〟は無言でうなずくと、黒のミニバンのテールを細い路地に入れて方向を切り変えた。今来たばかりの道を戻り丁字路を左に曲がる。

「え……」

ところが、なんとそこでも制服警官たちが今まさに検問を始めようとしていた。

## 6

有名な心霊スポット・旧濃尾第三トンネルにて、大夏らがヤマモトからメリッサとレイチェルを、とある〝お土産〟付きで奪還したのと同じ夜。

愛知県警中警察署にある捜査本部では、緒賀が必死にかき集めた事実の断片を、ブラック・コーヒーをがぶ飲みしながら再度整理していた。

その日の昼から夕方にかけて、緒賀は名星小学校に通う佐野あすかの同級生たちを再び訪問した。

担任の教師から、佐野あすかを中心とした仲良しグループだったと教えてもらった四人。

中牟田早希。

彼女のイニシャルはＮＳ。あった。あの手帳にＮＳはあった。

会田亜子。

イニシャルはＡＡ。これもあった。

遠田波流。

イニシャルはＴＨ。これもあった。

三人とも緒賀が『ノートを見たよ』と言うと少し青ざめたが、頑強に否定したりシラを切ったりする子はいなかった。緒賀のほうが拍子抜けするような素直さだった。こういうことに対する罪の意識というものが、彼女たちと緒賀の世代では大きく異なっているのかもしれない。

遠田波流は気になる証言をしてくれた。

「あすかが死んじゃう少し前、栄の半グレから難癖付けられててウザいって言ってました。縄張りがどうしたとか、中ボスみたいな人が出てきてお金の話されたけど無視したとか」

緒賀はその情報を手帳に書き留め、アンダーラインを引いた。

四人目は吉沢祐奈。

イニシャルはＹＹ。彼女だけがａが三でｓが十だった。改めて観察すると、確かに前の三人より明らかに垢抜けた見た目だった。栗色の長い髪も美しくスラリとしたモデル体型で、将来はすこぶる美人になるだろうと緒賀にも思えた。

「五年生のときのクラス替えで、あすかと同じクラスになりました。うちはお母さんとふたりっきりで、お母さんは美容院で働いてるから夜が遅かったりして、それであすかは新学期始まってすぐ私に話しかけてきて。それで」

前回と違い、吉沢祐奈も訊かれた質問にはすべて素直に答えてくれた。それは緒賀が『ここでの会話は絶対に誰にも話さない。先生にも。君の親にも。絶対に』と最初に約束したことの効果があったのかもしれないし、前回の訊き込みから少しだけ時間があったので、その間に落ち着きを取り戻したのかもしれない。それはわからない。

「最初はずっとアニメの話をしてて、それはまあまあ楽しくて。そしたらあすかが一緒にコスプレをしようよって言い出して。私が美弥火で、あの子は都羽紗をやりたいって。でもああいうの、完璧にやろうとするとお金がかかるんです。お母さんから貰うお小遣いじゃ全然足りなくて、それで」

「なるほど。それで？」

「それで、まあ、会うだけなら別に良いかなと思って。でも会うだけでも気持ち悪くて吐き気するようなおっさんばっかりで。なのに、実はあすか、自分はイケメンの彼氏がいて」

「彼氏？」

「そ。私たち使って稼いだお金、その彼氏に渡してたの。それ知ってムカついたっていうか、急に醒《さ》めたっていうか、コスプレももういいやってなって、あすかともしばらく遊びたくないなってなって」

「その彼氏の名前、知ってる？」

「リヒト、だったと思う」

「リヒト？」

「そう呼んでた。『リヒトの作る都羽紗の服が完璧なのー♡』って。でもそんなノロケ聞かされてもこっちはねって感じで」

同じ頃、佐野あすか殺害事件の捜査に大きな進展があった。現場に残っていた靴跡の件だ。底の紋様があれほどクリアに残っていたにもかかわらず、それがどのメーカーの靴なのかしばらくわからずにいたのだった。

「あの靴、なんと通販限定モデルだったんですよ」

捜査本部からの電話連絡を受けた鶴松が満面の笑みを浮かべて緒賀に教えた。

「しかも、なんで通販限定かっていうのがこれまたビッグニュースで！」

「もったいぶらずに教えてくれよ」

そう緒賀が急かすと、鶴松はさらに楽しそうに告げた。

「あれ、シークレット・ブーツだったんですって」

「シークレット・ブーツ？」

「そう。通販限定で身長を八センチも誤魔化してくれる優れもの。本革製で高級感もあり。で、すぐに購入者リストを提供するよう業者に要請したら、そのリストに誰の名前があったと思います？」

「まさか、父親か？」

「ピンポーン！　父親の佐野享吾はそこからシークレット・ブーツを五回も購入してたんですよ。これで捜索差押許可状、取れますよ！」


捜索令状はわずか三十分で取れた。

その三十分後には、捜査員十三名が佐野家を家じゅうくまなく調べた。緒賀と鶴松はその十三名に含まれなかったが、参加した中警察署の小坂という巡査部長によると、五足購入したはずのシークレット・ブーツがなぜか三足しかなかったという。残りの二足について佐野享吾に訊くと、彼は青ざめたまま言った。

「一足は、娘のあすかが勝手に趣味のコスプレ用素材にして変な色を上から塗った。仕方がないのでそれは娘にやった。もう一足はいつの間にかなくなっていた。自分でもなぜなくなったのかわからない」


靴が二足ない。

緒賀は手帳にそう書き留め、その一文の下にもアンダーラインを引いた。

消えた佐野享吾の二足のシークレット・ブーツ。

同級生たちを巻き込んでのパパ活。ちなみに緒賀はこの単語が欺瞞に満ちていて大嫌いだ。

難癖を付けてきた半グレとは？

中ボスみたいな男とは？

それが『ヤマモト』だろうか？

そして趣味のコスプレと、そのコスプレで繋がっているらしい『リヒト』という男。上の名前もどんな字なのかもわからない。ただ年齢は二十歳くらいだと吉沢祐奈は言っていた。

どれが事件に関係があり、どれはないのか？

佐野あすかの事件と山浦瑠香の事件は関係があるのか、それともないのか？


緒賀が、三杯目のブラック・コーヒーを飲もうと立ち上がったとき、彼のスマホが鳴った。

なんと、かけてきたのは広中大夏だった。

「夜遅くにすみません。あの、これからそちらに会いにいっても大丈夫ですか？」

「これから？」

「はい。お渡ししたい物があるんです」

「俺に？」

「はい。山浦瑠香ちゃんを殺した犯人が映っている防犯カメラ映像です」

「な、なんだと！」

緒賀の叫び声に、捜査本部にいた全員が彼のほうを振り向いた。

☆

「俺たちは、別に佐野享吾を守りたいわけじゃない」

長い思案の末、ヤマモトはそう話し始めた。

「それに、小学生の女の子を誰が殺したのかも興味はない」

その言葉に美桜が反応したが、それを畦地がスッと手で制した。

「では、何に興味があるんですか？」

そう落ち着いた声で質問をした。

「ついさっき、先生が自分で答えを言ったじゃないですか。産廃処理場の建設ですよ。それには三千億円の利権が絡む。そのプロジェクトの神輿《みこし》が浮田一臣先生だ。そして神保のスマホの中には浮田先生に火の粉がかかるヤバいネタが入っている」

「それは何ですか？」

「プロジェクト推進派の役人との会話を盗み録りしたデータだよ。もうすぐ選挙だっていうのに、筆頭秘書が児童虐待なんかでニュースになると浮田先生のイメージが悪くなる。それで、調査に手心を加えてくれっていうケチな話だ。今回の殺人事件とは何の関係もない」

「どうしてそんなにあっさり私の質問に答えてくれるんですか？」

また畦地が訊いた。

「駆け引きが面倒臭くなってきた。それと、俺とあんたらとは実はあまり利害が対立していないんじゃないかと気がついたんだ」

ヤマモトが顔を顰めながら答える。

「利害？」

「あんたたちは、殺人犯を捕まえたい。俺たちは浮田先生と産廃処理場の建設プロジェクトを守りたい。ならウィンウィンの取引ができるんじゃないかと気がついたんだ」

それからヤマモトは、背後に立つ半グレのひとりに命じた。

「おい。あれを持ってこい」

それは大谷《おおや》石《いし》で作られた直方体の表札だった。

『矢間本』と刻印されている。

「ここぞというタイミングで、こいつで警察に恩を売るつもりだったんだが、先生たちにあげますよ」

「その表札が何だっていうの？」

美桜が咎《とが》めるような口調で言った。

「これ、『間』の字のここの部分に小さな穴が空いてるだろ？　これ、８Ｋで撮影ができる防犯カメラなんだよ。外見は普通の一戸建てなんだけれど、実はバカでかい地下室があって、そこが毎月一億売り上げる裏カジノでね。なのでこのカメラは、その家の外をウロウロした人間を二十四時間休みなく撮影している」

「……」

「場所は千早公園のすぐ近く」

「なるほど。山浦瑠香ちゃんが遺棄された公園ですね？」

「犯人の顔と乗ってきた車が映っている。あんたたちが神保のスマホを素直に渡してくれるなら、メリッサとレイチェルを解放してお土産にこの映像もプレゼントする。俺たちは裏カジノを手仕舞いし、何ヶ月かあとに別の場所でまた新しいカジノをやる。手痛い出費だけど、浮田先生の選挙のための必要経費だと考えることにするよ」

「……」

「畦地先生。そして美人のお姉さん。それでお互い、今回のことは全部忘れませんかね？　もしこの提案を拒否するなら、ここからは本気の殺し合いをしなくちゃならなくなりますよ」

「……」

美桜が畦地を見た。畦地は最終決断は美桜に任せるつもりらしく、何も言わずに美桜の目を見返しただけだった。

「まずメリッサさんとレイチェルさんを返せ。ふたりが無事ならあんたの言うことを信じる」

そう美桜が怒鳴った。

ヤマモトが再び背後の半グレに合図をする。車のドアが開けられ、中からメリッサとレイチェルが現れた。ヤマモトはメリッサの手の上に『矢間本』という表札を置いた。

「大夏！」

美桜が再び怒鳴った。

大夏は神保のバッグを抱えたまま、真っ赤なダイハツ・タントから降りた。

「ダイキ！」

メリッサとレイチェルが大夏の名前を呼びながらこちらに向かって走り出す。

大夏はバッグを美桜に投げ、美桜はそれをすぐヤマモトたちのほうに向かって投げた。それはトンネルの真ん中に落ち、土埃を少し上げた。半グレのひとりがそれに駆け寄り、中から神保のスマホを取り出す。ヤマモトはそれを見届けると、クルリと踵《きびす》を返して自分の車へ戻る。

二度と大夏たちのほうは見なかった。

# 7

大夏からの電話のあと、愛知県警にとって良いことと悪いことの両方が起きた。

大夏が持ち込んだ映像は前後の長大で不要な部分はカットされ、必要箇所があらかじめデジタル・ズーム処理をされていた。超高感度８Ｋ映像は二十倍のズームをされてもなお、ぐったりとしている山浦瑠香を夜の闇に紛れて車から公園へと運び入れる若い男の顔を鮮明に記録していた。

そこからの半日で、愛知県警はその若い男が中垣共也《なかがきともや》という二十六歳の塾講師であることを突き止めた。任意同行を求め、家宅捜索を実施し、本棚の奥に隠されていた外付けの二テラバイトＳＳＤの中から大量の画像……失神している幼い女の子とその子たちにキスをしている中垣の自撮り画像を発見した。

中垣共也は逮捕され、山浦瑠香殺害を自供した。正確には『殺意はなかったが、不運な事故で死んでしまった』との過失致死を繰り返し主張し、担当捜査官たちの嫌悪の感情を増幅させた。

ここまでが愛知県警にとって良いことである。

マスコミは急転直下の事件解決を大々的に報じ、これまでのバッシングを忘れたかのように愛知県警の手柄を褒めた。こうした下品な掌返しはメディアの常であるが、今回も見事にそれは繰り返された。

ところが、中垣共也は佐野あすか殺害については関与を否認した。

動かぬ証拠となったＳＳＤの中からも、佐野あすかの姿は見つからなかった。捜査官たちは日夜、佐野あすか殺害事件についても中垣を追及し、その日のアリバイを繰り返し問い質し、『街をブラブラと散歩して可愛い女の子のあとをつけたりして気分転換をしていたけど、それ以上のことは何もしていません』という彼の供述の真偽を確認しようと頑張った。

（中垣共也は本当に佐野あすかの事件とは無関係なのだろう）

それが緒賀を始めとする捜査官たちの共通した感想だった。
・佐野あすかを殺害した犯人は別にいる。
・そいつは佐野あすかを殺害したあと、世の中で話題になっている山浦瑠香殺しと同一犯であるかのように偽装した。
・ただ、付け焼き刃の偽装なので、すでにいくつも矛盾点が明らかになっている。
・たとえば口に貼られ、その後剝がされた粘着テープの種類の違い。
・吐瀉物による窒息死と死ぬまで首を絞めたことの違い。
・現場に残されたシークレット・ブーツの跡。ちなみに中垣共也は百八十センチを超える長身で、シークレット・ブーツを履くことなどほぼありえないと思われた。
では佐野あすかを殺した犯人は誰か？

父親の佐野享吾だろうか？


事態が奇妙な方向に捻れ始めたのは、中垣共也の弁護士が彼にアドバイスしてからだった。

「動かぬ証拠がこれだけある以上、裁判では最悪死刑もありえる。死刑になりたくないのなら、これからは警察とは絶対に言い争いをせず、ひたすら素直に『後悔』『反省』『改心』の態度をアピールし続けて世間の情に訴えるしかない」

それから中垣共也は、何を聞かれても同じことを繰り返すようになった。

「そうです。その通りです。自分がすべて悪いんです。悔やんでも悔やみきれません」

「佐野あすかのことについても、そろそろ何か思い出してくれませんかね」

そんななか、担当捜査官がそう嫌味を言うと中垣は言った。

「自分がすべて悪いんです。悔やんでも悔やみきれません」

「自分がすべて悪いんです。悔やんでも悔やみきれません」

「！　おい、中垣。おまえ今何て言った？」

「ちょっと待て。おまえ佐野あすか殺しについても犯行を認めるのか？」

「はい。何もかも自分の弱さが原因です。本当に申し訳ありません」

中垣は佐野あすか殺害事件については何ら具体的な供述はできなかった。なのでこの供述を真に受ける捜査官はいなかった。心神喪失による無罪を狙う作戦ではないかと怪しむ者もいたくらいである。

ところがなぜか翌日、名古屋に本社を置く地元の中日本新聞が、『ついに全面自供。逮捕の塾講師が佐野あすかちゃん事件についても殺害を認める』という記事を特ダネとしてデカデカと掲載した。警察関係者の誰かがリークしたことは明白だったが、それが誰なのかはわからなかった。世間は連続殺人事件が無事に解決したことに喝采《かっさい》し、捜査本部の空気に鈍感な警察上層部のひとりが懇意の記者に対して『中垣が罪を認めて全面的に自供を始めているという報告は聞いている』とコメントしてしまう。結果、中日本新聞の記事を追認するような形を作ってしまった。

記事の出た翌朝、鶴松が緒賀に耳打ちをした。

「中垣のバカは勘違いしてますけど、ふたり殺したほうが死刑の可能性は高いですよね。ここはひとつ、あいつを死刑にするために捜査は終了、捜査本部は解散しちゃうっていうのはどうですかね」

緒賀は数秒考えてから答えた。

「中垣の死刑は大歓迎だけれど、じゃあ、佐野あすかを殺した真犯人はこのまま野放しかい？」

「それはあれですよ。中垣が死刑になってから改めて『佐野あすか殺害事件に関しては新たな事実が見つかった』とか言って、再捜査を始めれば良いんじゃないですかね」

「……」

品のない冗談だと思ったが、中垣はその後もひたすら自供を続けた。

「佐野あすかちゃんも殺したかもしれません」

「佐野あすかちゃんも殺してしまった気がします」

「老松公園に捨てたかもしれません」

「気が動転していて細かなことは覚えていませんが、とにかく自分が酷い罪を犯してしまったことには間違いありません。本当にごめんなさい」

そんなことを言っているうちに、信じられないことに、自分でもどれが本当でどれが死刑を避けるためについている嘘なのかわからなくなってきたようだった。

☆

一方、その後の大夏には悪いことばかりが起きた。

旧濃尾第三トンネルでヤマモトと対決した夜。メリッサとレイチェルは、美桜と畦地には心からのありがとうの言葉を繰り返し、一方で『迷惑かけちゃったね。ごめんね』と謝る大夏には、顔面へのパンチと『オマエとは絶交ダ』の言葉をプレゼントした。

飛騨牛のすき焼きは深夜から決行された。琴子は寝ないできちんと待っていた。ただ、大夏は中警察署に緒賀に会いにいき、中垣共也の映像について嘘の供述を繰り返さなければならなかった。

『突然、郵便ポストにこれが入ってて。それ以上のことは何も知りません。これがヤマモトからのプレゼントかどうかも全然わかりません』

すき焼きを食べる四人目は、大夏から弁護士の望月に変更された。

深夜二時。

警察から解放された大夏は、ようやく自分のスマホをゆっくりチェックする時間を得た。

ＬＩＮＥに加納秋穂からのメッセージが四件も入っていた。

『神保課長が行方不明みたいなの。外出したっきり帰ってこないし、スマホも通じなくなってる。今、職場でみんなが心配し始めてる』

『神保課長。家にも帰ってきてないって。明日の朝になったら、奥さん、警察に届けるって』

『何が起きてるんだろう。大夏さん、何か知ってる？　知るわけないか。大夏さんも今日ずっとＬＩＮＥに既読が付かないんだけど、大丈夫？』

『大夏さん？』


神保は今どうしているのだろう。

そういえば、ヤマモトは神保が無事だとは一言も話さなかった。

悪い予感に胸がひたすらザワザワとした。

『今までずっとバタバタしててごめん。明日、電話するね』

そう秋穂に短い返信を打った。

が、翌日、秋穂は電話に出ず、昼間はずっとＬＩＮＥも既読にならなかった。

ようやく彼女から返信が来たのは二十二時を過ぎていて、そのときは大夏はタペンスでたまたま来た三人組の会社員たちの相手をしていて、すぐに返信することができなかった。

こうしてすれ違いを続けているうちに、ＬＩＮＥが速報のニュースを流した。

『愛知の連続少女殺害事件。県警が容疑者を逮捕』

中垣共也の顔写真も掲載されている。大夏が一度も見たことのない男だった。

それから数日後にはさらに続報が出た。

『愛知の連続少女殺害事件。容疑者がすべての犯行を自供』

その間も、神保永昌の行方は杳《よう》として知れなかった。


『私たちがしたことの意味って何だったんだろう』

秋穂は電話の向こうで、そう暗い声でつぶやいた。

『犯人は全然知らない男だった。それなのに私、被害者のお父さんを疑って、自分の職場の上司のことも疑って……』

「秋穂ちゃんは何も悪くないよ。殺人事件とは関係なかったとしても、神保が秋穂ちゃんの書いた文章を勝手に書き換えたことは事実なんだし」

『行方不明なんだよ？　どこかで自殺してるかもしれないんだよ？　私のせいで！』

「秋穂ちゃん……」

（自殺はしていないと思うよ。ただ、ヤマモトって奴に殺されて埋められてるかもしれないけど）

そう思ったが口にはしなかった。余計な心配をかけないよう、旧濃尾第三トンネルでの一件について大夏は秋穂に詳しくは話していなかった。

『今日、神保課長の奥さんが職場に来てね。課長の私物とかいろいろ調べながら泣いてたの』

「そうなんだ……」

しばらく、スマホを持ったままふたりとも沈黙する。

次の言葉を最初に発したのは秋穂だった。

『大夏さん。私たち、もう会うのはやめようか』

「え？」


大夏といると辛いことばかり思い出してしまいそうで……そう泣きながら言う秋穂に、大夏はかける言葉がなかった。

電話はそのまま切られ、その晩大夏は眠れなかった。

翌日になると、大夏の中からありとあらゆる前向きなエネルギーが喪失していた。

家の中でただ茫然としていた。

夕方、タペンスへの出勤時間になっても状態は変わらなかった。

十九時。大夏はオーナーの高崎に電話をかけた。

「体調は悪くないんですが、今夜はお店を休んでも良いですか？」

『なぜですか？』

「すみません。今夜はお酒を作れる気がしないんです」

『お店のことは基本、君にお任せしています。お休みしたいならご自由に』

たったそれだけで高崎との会話は終わった。

翌日も大夏は部屋から出なかった。

夜、タペンスの営業もしなかった。

その翌日も大夏は部屋から出なかった。小さな冷蔵庫は空になったが、買い物に出るのも億《おっ》劫《くう》だった。

夜、タペンスの営業もしなかった。

その翌日の昼。

気がつくと大夏は秋穂の職場に向かっていた。理由はわからない。会って何を話したいのかも整理できていない。なのに向かっていた。これではまるでストーカーだ。そう思ったが踏み止《とど》まれなかった。

秋穂の勤める児童相談所の手前に小さな定食屋があるのが目に入った。間口が一間半ほどの古びた店構え。擦り切れたナス紺色の暖簾。その暖簾に『花庵』と名前が入っている。もしやここが秋穂が通い続けている定食屋だろうか。立ち止まって窓ガラス越しに中を覗く。

いた。

一番奥のテーブルで、秋穂がひとり暗い表情で座っている。

「三番テーブルさんに本日の定食一つ！」

厨房からだろうか。年配の男性の大きな声が聞こえた。白いエプロン姿の若い従業員が現れ、定食を載せたトレイを秋穂のテーブルに運んでいく。背が高くて、小顔で、色白で、まるで韓《ハン》流《りゅう》スターのような外見だ。彼が秋穂の前に定食を置くと、なんとその彼の腕を秋穂が摑んだ。小声で何か話しかける。その若い男が小声で何か返事をする。そして……そして彼女の頭を優しく慰めるかのようにポンポンと叩いた。

大夏はそれを窓の外から見ていた。

どう見てもふたりは特別な関係に見えた。

（そういえば、彼氏はいるのって訊いたことなかったな）

大夏は無言でその場から離れ、真っ直ぐ自分のアパートに帰ろうとする。そこでスマホが鳴った。琴子からだった。

「俺のことは放っておいてくれ。俺、このまま即身仏ってやつになりたいんだ」

そう返事をしてスマホを切り、さらに電源を切った。

愛知県の県議会議員選挙が告示されたらしく、選挙カーの大音量が遠くで聞こえ始めていた。

『浮田一臣。浮田一臣を、どうかよろしくお願いいたします』

そうウグイス嬢が繰り返している。

その日の夜も、さらに次の日の夜も、大夏はタペンスの営業をしなかった。

そして、さらにその次の日。

アパートのドアを蹴破るような勢いでいきなり美桜が訪ねてきた。

「おい。今、おまえのその鳩尾のあたりでグルグルしてること、全部話せ」

# 8

目の前の検問に引っかからないよう、男は車のギアをバックに入れた。

が、そのままアクセルを踏んで車を逆方向に走らせることはできなかった。

真っ赤なダイハツ・タントが彼らの乗る車の真後ろに現れ、そのまま道の真ん中で停止したからだ。タントの運転席と助手席のドアが同時に開き、運転席からは美桜が、助手席からは緒賀が外に降りた。

前方の検問所で現場の指揮をしていたのは鶴松だった。彼は緒賀に向かって手を上げ、緒賀も小さく手を上げてそれに応えた。それから美桜と緒賀は〝待ち人〟と男の乗るミニバンに歩み寄った。

コンコンとガラスをノックする。観念したようにガラス窓は下に降ろされた。

「弟を殺そうとしてくれてありがとう」

まず美桜が言った。そして緒賀が言葉を継いだ。

「窪田《くぼた》理人、そして加納秋穂。殺人未遂の現行犯で逮捕する」

「私、お父さんと暮らす」

私は母が大嫌いだったから。

あんな女と暮らすぐらいなら死んだほうがマシだと本気で思っていたから。

父が離婚を言い出したとき、自分のことだけを考えてそう言った。

あのとき、弟は哀しげな目をして黙っていた。

今、私にはあのときの天罰が下った。


弟は母とのふたり暮らしのせいで、大人の女性を生理的に受け付けられなくなった。初めての性行為。相手は小学校五年生の女の子だった。その女の子が管理売春でお金を稼いでいることを知り、弟は衝撃を受けた。

許せない。汚らしい性行為をする女は彼の中では母親と同類だ。

しかもその子は「十一歳とヤっといて何言ってんの?」と開き直った。

「ネットに全部書いてやるから! あなたのお姉さん、児相でしょ! 弟が小学生とヤってたってバレたらクビだろうね!」

そう弟を罵り母親と同じような笑い方をした。本心だったかどうかはわからない。もしかしたら、彼女もただ恋愛に不器用なだけだったのかもしれない。もう永遠にそれはわからない。

弟は少女の首を絞め、そのせいで少女は死んだ。

弟は私に電話をかけてきた。

「元はと言えば全部姉ちゃんのせいだ。姉ちゃんがあのとき、俺に母さんを押し付けたから俺はこんな人間になったんだ」

そう言って弟は泣いた。私は何も言い返すことができなかった。事実、その通りだと思ったからだ。元をたどればすべては私のせいだ。あのときの私の身勝手で我がままな行動のせいだ。アニメ関係の仕事をしたいと思い始めた弟。その勉強のためにアルバイトを始めた弟。今度こそ私は正しい行動をしなければと思った。

「お姉ちゃんに任せて」

私は言った。

「理人のことは、絶対お姉ちゃんが守るから」

だが結局は失敗した。

つまり、これが天罰なのだ。

# epilogue

目が覚めたとき、そこは病室だった。

頭をゆっくり傾けると、窓際にひとり見覚えのある男が立っている。あれは誰だったか。

「え？　お、緒賀刑事？　え？　ええ？」

慌てて飛び起きようとしたがうまく力が入らなかった。

「しばらく動くな。安静にしていろ」

「ここ、どこですか？」

「警察病院だ」

「病院……俺、死んだんじゃないんですか？」

「生きてるよ。そして君のおかげで事件は解決した」

「え？」

「さすがに、君には何があったか説明をする義務があると思ってね。それで君の意識が戻るまでここで待ってたんだ」

「……」

緒賀の言葉遣いが、自分が容疑者だった頃と明らかに違うことに大夏は気がついた。緒賀がベッドの傍にあったパイプ椅子に座る。

「もともと俺は、あの塾講師の自供を信用していなかった」

そう話し始めた。

「あの中垣という男は変質者で、卑怯者で、本音では反省なんか一ミリもしていなくて、ただただ自分が助かりたいだけの男だ。弁護士から『死刑になりたくなければとにかく反省の姿勢を示して情状《じょうじょう》酌量《しゃくりょう》を狙え』と言われてからは、なんでもハイハイ認める作戦に出やがった。しかもそれを誰かが……誰なのかまだわかっていないが、いつか見つけ出してぶっ飛ばすと俺は決めているが……それをマスコミにリークした警官がいる」

「え？　そうなの？」

「『犯人全面自供』とニュースになってしまったせいで、佐野あすか殺害犯も中垣でいいじゃないかと言い出す奴も出てきた。そんな困った雰囲気の中、俺が外で昼飯を食べようと下に降りていったら、署の玄関のところにみんなが振り返るような美人がひとり立っていた」

「え？」

☆

「前に一度、ここの駐車場で会いましたよね？」

その日、美桜は白い長袖のＴシャツにシンプルな黒のパンツ姿だった。

「佐野あすかちゃんって女の子が殺された日の夜のことですよ。私がここに来たとき、ちょうどあなたたち、現場検証から一回帰ってきたでしょう？　聞き耳立ててたわけじゃないけど、捜査員の人たちの会話が私にも聞こえてしまって」

実は緒賀もあのときに美桜と目が合ったことを憶えていた。

「あー。確か、とても体の大きい男のかたとご一緒でしたよね？」

「あの人は弁護士さんです。あの日は弟を迎えにきたんです。佐野あすかちゃんの事件の第一発見者、あれ、私の弟なんです」

「え？　あなたが、広中大夏くんの？」

驚く緒賀に美桜は明るく微笑んだ。

「刑事さん。これから一緒にお昼ご飯でもどうですか？　今日は私、あなたに会いにきたんです」

そして少しだけ声を小さくしてこう言った。

「佐野あすかちゃんを殺したのは、私、新聞に載っているあの塾講師じゃないと思います」

☆

大夏が病室で意識を取り戻した頃、そして事件について緒賀から説明を受け始めた頃、美桜は同じ警察病院の屋上で、名古屋の夜景を眺めながら何年ぶりかの煙草を吸っていた。

と、背後でカチャリとドアの開く音がした。

「喫煙は感心しませんね。それ、活性酸素を増やしてあなたの老化を促進しますよ」

畦地弦一郎だった。

「知ってます。だからこれは、罰なんです」

そう美桜は夜景に顔を向けたまま答えた。

「罰?」

「はい。実の弟をオトリにして犯人を罠《わな》にかけたんですからね。まだ何のクスリを打たれたのかもわからないみたいだし、これで後遺症とか残ったらさすがにちょっと心が痛みます」

「いや、それは大丈夫でしょう」

「え?」

「あのクスリと注射器は、愛人倶楽部などに登録している女性が護身用に持つものだそうです。プスリと刺すと相手は数時間動けなくなるだけ。深刻な後遺症などの心配はおそらく要りません」

「先生。何でそんなことまで知ってるんですか?」

畦地は、少し照れたような苦笑いを見せた。

「夫がグレーな仕事をしているもので」

「先生にはいつも驚かされます」

「それは私の言葉ですよ。まさか美桜さんがひとりで事件を解決してしまうなんて」

「ひとりじゃないです。私ひとりじゃ、真相には全然たどり着けなかった」

そう言って美桜は目を細め、深くゆっくりと煙草を吸った。

☆

中署を出た緒賀と美桜は、出来町通《できまちどおり》のビルの二階にあるレストランに入った。

「ここのあんかけスパが美味しいと聞いて、いつか来たいと思っていたんですよ。でもずっと忙しくて」

緒賀は胡椒《こしょう》の効いたソースがトロリと絡んだ極太麵を割り箸で器用につまみながら言った。

「もしかして初めてですか？　あんかけスパ」

美桜は土鍋に入った味噌煮込みうどんにフーフーと息を吹きかけながら訊ねた。

「ええ、半月ほど前に一度オーダーしたんですが、あなたの弟さんと遭遇して思いっきり食べ損ないまして」

「あー、例のストーカー騒ぎ。あのときは本当にすみませんでした」

そう言って美桜は頭を下げた。

「で、佐野あすかを殺した真犯人、あなたは誰だと思ってるんですか？」

緒賀は、「次の桜花賞、あなたはどの馬が来ると思ってるんですか？」くらいのテンションで、サラリと美桜に訊いてきた。

「そう考えるようになった根拠と一緒に聞かせてほしいですね」

そう付け加えた。

そこで美桜は抱いている考えを話し始めた。

「最初は小さな違和感からだったんです」

「違和感？」

「たまたまとある大学の先生とご飯を食べたとき、その人が『あすかちゃん殺しはそれまでの事件とは種類の異なる殺人だと思う』と仰っていて、その理由を訊いたら、それは確かにその通りだと私も思ったんです」

「ほう。その理由というのは？」

「だって、それまでの犯人はいかにも性的な悪戯が目的って感じだったじゃないですか。山浦瑠香ちゃんの死もある意味不幸な事故で、犯人にとっても想定外なことでしたよね？　粘着テープが原因で窒息死……普通に考えたら、怖くなってしばらく同じ犯行はしないだろうし、性欲に負けてまたやろうと思っても、少なくとも口に粘着テープは避けると思うんですよ」

「……」

「だから、佐野あすかちゃん殺しの犯人は全然別の人間で、自分が罪から逃れるために、それまでの変質者の犯行に見せかけようとしたのかなと思ったんです」

「……」

そこまでは緒賀もほぼ同意見だった。なので黙ってその先を聞き続けた。

「じゃあ、容疑者は誰？　って考えて、あ、弟はずっと真犯人はあすかちゃんの父親の佐野享吾だと信じていたんですけど、彼が犯人だとすると、それはそれでおかしなことがいろいろあるんですよ」

「たとえば？」

「たとえば、彼はいつも白い手袋をはめてるじゃないですか。後援会のお偉いさんの奥様から貰ったもので、彼はいつもこれ見よがしにその白い手袋をしているってネットに書いてありました。でも、だとしたら、その手袋を殺人のときや死体の運搬のときには使いませんよね？汚れてしまうかもしれないし、あとで調べられたときに言い逃れられないような遺留物がついてしまう危険性もある。なので、私が彼の立場だったらその手袋は絶対に犯行には使わないし、別の手袋を使うなら、白ではなくて夜に目立たない黒みたいな色にすると思うんです。自分に白い手袋のイメージがあるって知ってるんだから、なおさらそうだと思うんです」

「……」

「なのに、弟が目撃した車？　暴走車？　その運転手は白い手袋をしてたらしいんですよね。ちょっとわざとらしくないですか？」

「……」

「あと、公園に死体を置いたのも不思議です。連続殺人事件の被害者に偽装しようと思うなら、それなりにそれまでの事件の手口に詳しくなければいけないはずです。たしかに佐野享吾って偉い政治家先生の秘書ですけど、さすがに警察の捜査資料を読めるような立場じゃないですよね？」

「……」

「私が彼の立場だったら、死体はどこかバレないところに埋めて、警察には『娘が家出して帰ってこない』って言いますよ。そのほうがはるかに安全じゃないですか？」

「……」

話を聞きながら、緒賀は粘着テープのことをまた思い出していた。

山浦瑠香の頬には養生テープ。佐野あすかの頬にはガムテープ。

それに死因も。山浦瑠香は嘔吐物が詰まっての窒息死。佐野あすかの死因は人力による絞殺。

計画殺人にしては雑だ。犯人はなぜこんな偽装を思い立ったのだろう。

「それで私は、佐野享吾犯人説にも無理があると思ったんです。でも、私のバカ弟は、『佐野享吾が犯人だ。許せない。その口止めで神保って課長も殺されたのに違いない。許せない』って言っていて。それでふと、なんでこいつ、そこまで頑ななんだろうと思ったんです。それで、さらに細かく細かく奴の話を聞いていったら、結局弟は、自分が好きになった女の子にそう吹き込まれていただけなんですよ。そこで私、気がついたんです。そもそも弟が佐野あすかちゃんの死体を発見したのも、老松公園から逃げる車と運転手の白手袋を目撃したのも、全部その女の子がきっかけだったなって。その子が弟の働く店まで謝りにきて、で、ケーキを忘れたって言って、一緒に家の近くまで来てって言って」

「……」

「で、そこからさらに私、あれ？　って思ったんです」

「……」

「彼女、最初に大夏のところに謝りに来たとき、言ったそうなんです」

『私、友達としてあの子のこと守らなきゃって思って。なのに麻実子、急に「ごめん。実は私、嘘ついてた」とか言い出して』

「なのに、それからしばらくして、その元カノの結婚式の二次会で再会したとき、その子、大夏に言ったらしいんです」

『麻実子、私のこと親友だ親友だって何度も言ってたのに、今日の今日まで自分の嘘を認めなかったんだよ？ 本当に酷いよね。私、もう呆れちゃって、だから三次会は行かないって言っちゃった』

「あ……」

緒賀が小さく声を出した。

「ね？ 実はこれ、大きな矛盾じゃないですか？ どっちかが本当なら、どっちかは嘘ってことになるでしょう？」

「どちらかが嘘なら、最初のほうが嘘だろうね」

「ですよね！ で、その嘘だったほうの『ごめんなさい』のせいで、大夏は女の子の死体を見つけたし、白手袋の男を目撃もしたんです」

「……」

「しかもその女の子は、児童相談所の調査員で、児相って子ども絡みの事件とかが起きると警察とも連携が必要な仕事でしょう？　だから、普段から警察ともある程度の情報交換はしていただろうし、山浦瑠香ちゃん殺しについても多少の未発表の情報くらい知っていた可能性があるよなって思ったんです」

「……」

「その上、もともとその子は佐野あすかちゃんとも佐野享吾とも繋がりがあったので、佐野享吾のような娘を虐待する悪人なら、殺人罪をなすり付けても自業自得だと思っていた可能性もありますよね」

美桜はそこまで一気に話すと、コップに手を伸ばして氷水をぐいっと飲んだ。

「なるほど。面白いお話ですが、すべては推測で物的な証拠はないですね」

緒賀はあえて少し意地の悪い答え方をしてみた。

「そもそもその児相の彼女が、佐野あすかを殺す動機はなんですか？」

美桜は少しも悪びれずに言った。

「それは……まだわかりません」

「はい？」

「私はその子が、わざと佐野享吾が疑われるよう仕向けてるんじゃないかということしかわかりません。その先のこととなると一般人の自分では調べようがないんです。だから今日、あなたに会いにきました」

「どうして私に？」

「勘です」

「勘？」

「私の勘、当たるんですよ。自分で言うのもなんですけど、私、人を見る目はあるんです。私の話を聞いたら、あなたは刑事として絶対に彼女のことを調べてくれます」

「……」

☆

屋上に吹く風が強まり、立ち昇る煙草の煙がクルクルと撚《よ》れ始めた。畦地は美桜の隣りに来て、一緒に屋上のフェンス越しに名古屋市の夜景を見つめた。美桜がつぶやくように言う。

「今思えば、緒賀さんもずいぶん危ない橋を渡ってくれました。一般人と捜査情報を交換し合うとか、普通は刑事失格ですよ。最悪、懲戒免職だってありえますよね」

美桜と同じ方向を見ながら畦地が口を開く。

「メディアが書き立てたせいで、世の中はすでに一件落着ムードでしたからね。緒賀さんは刑事として、とても焦っていたのではないですかね」

「あとは、彼の正義感？」

「なるほど」

「幼い女の子に手をかけるような人間は絶対に逃したくない……あの人の中にはそういう正義

感が強くあるような気がしたんです」

「そうなのでしょうね。そしてそれは彼だけじゃなく、美桜さん、あなたの中にもね」

「……」

☆

「私の勘、当たるんですよ。自分で言うのもなんですけど、私、人を見る目はあるんです。私の話を聞いたら、あなたは刑事として絶対に彼女のことを調べてくれます」

「……なるほど。勘、ですか……」

出来立ての熱いあんかけスパを食べながら緒賀はじっと考えた。美桜の言うことは、それなりに当たっていた。緒賀は少しでも引っかかることがあると、非番を返上してでも、睡眠時間を削ってでも、とことん調べずにはいられない性格だった。今の美桜の話も、聞いている途中から、その児相の女について捜査を始めたくてうずうずしていた。

ただひとつ、美桜が予想していなかったことがある。

それは、緒賀には緒賀の〝真犯人候補〟がいたことだ。児相のその女性ではない。男だ。二十歳くらいの、長身で、色白で、韓流アイドルのような外見。その男がきっと佐野あすか殺害事件に関与していると緒賀は予想していた。

だがこちらも証拠は何もない。

動機もわからない。

ただの勘だ。刑事としての勘。

やがて緒賀は決心をした。

「広中美桜さん、でしたっけ」

「はい」

「あなたからのお願いを聞く前に、自分からひとつ、あなたに提案をしても良いですか？」

「はい。なんでしょう」

「今から、ランチの梯子《はしご》をしませんか？」

「え？」

「もう一食分、ランチを食べてほしいんです。それを食べながら、人を見る目があるという君にその目で見てほしい人間がいるんです」


それから緒賀と美桜はタクシーで昭和区の折戸町に向かった。

「ここって、児相のすぐ近くですね」

そう美桜は緒賀に訊ねた。

「美桜さん、もしかして自分でも児相に来てみたんですか？」

「はい。本人を直接見たらピンと来ることも多いと思って、『弟がご迷惑をおかけしましたー』って、シレッと挨拶に行きました」

「なるほど。で、そのときの感想は？」

「こいつ〝クロ〟だなって思いました」

「え？」

「疚《やま》しいことがある奴って目が引っ込むんですよ。だから、会った瞬間に確信しました。こいつヤったなって」

そんな会話をしているうちに、タクシーは古びた定食屋の前に着いた。ナス紺色の暖簾に『花庵』と店名が白く抜かれている。

「これから店に入るけど、俺が見てほしい奴を誰とは言いません」

「はい」

「でも、気になる奴がいたら教えてください」

「はい」

ふたりは一緒に店内に入った。店の客は五組。レジ近くに店長らしき初老の男。厨房に初老の女性がふたり。ひとりは店長の妻だろうか。若いアルバイト風の男がひとり。緒賀と美桜は店の一番奥の二人掛けテーブルに腰かけた。

「わかりました。あのアルバイトの男ですね」

すぐに美桜は小声で言った。

「どうして？」

「だって、緒賀さんを見た瞬間に、彼、空気がピンッて張り詰めましたよ。彼、緒賀さんが実は刑事だって知ってるんじゃないんですか？」

「最初は訊き込みでここに来たからね。もちろん名前を名乗って警察手帳を見せたよ」

「ここらへん、緒賀さんの訊き込み担当地区だったんですか？」

「……」

「それとも、彼の顔が見たくて、わざと訊き込みってことにしてこの店に来たんですか？」

「……」

アルバイト男性がお茶をふたつ持ってテーブルに来た。

「ご注文は？」

「エビフライ定食」

緒賀が注文する。

「私は、カツの赤味噌煮定食。ご飯大盛りで」

美桜も注文をする。

「鋼鉄《はがね》の胃袋だね」

緒賀が笑って言った。

「こういうときはガッツリ注文をしたほうが疑われないと思うんです」

そう美桜は澄ました顔で言った。

「で、ここらへん、緒賀さんの訊き込み担当地区だったんですか？　それとも、彼の顔が見たくて、わざと訊き込みってことにしてこの店に来たんですか？」

と、まったく同じ質問をもう一度した。

「君って、本当に頭が良いんだね」

緒賀はアルバイト男性が持ってきたお茶をグビリと飲む。

「服がね、ちぐはぐだったんだよ」

ポツリと言った。

「え？　服？」

「佐野あすか。彼女が公園で発見されたときの服の上下が、どうにもちぐはぐだった。俺はそれがずっと気になっていた。で、よくよく調べたら、どうも下のゴシック調のズボンは、とあるアニメ番組のコスプレらしいとわかった。それはただの既製品で定価が五千八百円」

「あ。もしかして『死ねない少女美弥火』？」

「そう。彼女はそのコスプレにハマっていた。彼女の友人から『リヒト』という男の名前が出てきて、そいつが彼女の服をいろいろ加工してくれていたと知った。それでSNSで『コスプレ』と『衣装製作』で検索をしているうちにリヒトという男を見つけた。彼の作る衣装のクオリティの高さをあすかは絶賛していたそうだ。もしかしたらそれが彼女の初恋だったのかもしれないね」

「そのリヒトが彼なんですか？」

「そう」

「……もし犯人が彼だったとして、動機はなんですか？」

「それが、わからない」

「え？」

「君と一緒だよ。わからないんだ。ただの勘なんだ。きっと何かある。そう刑事の勘が言ってるんだが、どうにも動機がわからない」

「なるほど。刑事の勘とホステスの勘。どっちかが当たりでどっちかが外れってことですかね」

「そうなるんだろうね」

と、店の引き戸が開き、また新しい客が入ってきた。地味な濃紺のパンツ・スーツ。手には茶色の革の書類鞄を持っていて、いかにもこれから外回りという雰囲気の若い女性だった。

「あ……」

美桜と緒賀を見て、彼女が驚きの声を上げた。

「わ！」

タクシーで話題にしていた本人が現れるとは思っておらず、美桜も驚きの声を上げた。

「き、君は……そうか。そうだったよね？」

緒賀も驚きの声を上げた。今、目の前にいるのは、大夏と初めて会ったあの夜、コメダ栄四丁目店の中で彼の顔に水をかけた女性だったからだ。なぜあのときのことと美桜の話がきちんと繋がらなかったのか。緒賀は軽い自己嫌悪に陥った。

三人が三人とも声を上げたのを見て、アルバイトの男が秋穂に質問をした。

「え、姉ちゃん、知り合いなの？」

☆

「びっくりしましたよ。まさか、あのタイミングで、あんな風にふたりの繋がりがわかるなんて」

美桜は三本目の煙草に火をつけながら言った。

「つまり、どっちの勘も当たっていたわけだね」

畦地は自分のバッグからペットボトルを取り出した。水素水のペットボトル。夜景に背を向け、フェンスにもたれて彼は水素水を飲んだ。

「ふたりが繋がってるとわかったあとは、緒賀さんが一気に調べてくれました。二人が姉弟なこと。家庭環境が複雑だったこと。特に母親がめちゃくちゃな毒親で、それが原因で弟のほうは大人の女性が無理になってしまったこと」

☆

「姉貴がそんなことしてたなんて。それじゃまるで、姉貴のほうが探偵じゃないですか」

大夏の言葉に緒賀はフッと息を吐いた。

「探偵というか、刑事というか、とにかくすごい女性だと思ったよ」

「……」

「ふたりが共犯で、どちらかが殺してどちらかがそれを庇《かば》っていると仮説を立ててみれば、いろいろなことに説明がついた。カタカナのリヒトが窪田理人だということがわかり、そして彼の家庭環境を知ることで、薄っすらと犯行動機も想像できるようになった。だが相変わらず物証がない。状況証拠すらもない。勘だけだ。勘だけは、調べれば調べるほど彼らが犯人に違いないと思えた。そんなとき、君のお姉さんが計画を提案してきた」

「まさかそれって……」

「そう。君をオトリにしてふたりを罠にはめようっていう計画だ」

「マジっすか！　そのせいで俺はあの男に注射針を首にぶっ刺されたんですよ？」

「そうだね」

「そうだねって」


大夏は、痛む頭で必死に自分の記憶をたどった。

タペンスを休業し、無気力な引きこもり生活を続けて三週間ほど。いきなり美桜が大夏のアパートにやってきた。

「突然だけど、逆転ホームランを打ちたくない？」

そう美桜はいきなり言った。

「は？」

「加納秋穂ちゃん。おまえ、まだあの子のことが好きなんでしょう？」

「！」

「自分のせいであの子の心に深い傷をつけちゃったとか思ってるんでしょう？」

「……」

その通りだった。神保永昌は行方不明のままだった。おそらく彼はあのトンネルの向こうの産廃処理場予定地の地下深くに埋まっているのだろう。そう大夏は思っていた。そしてその彼の死の直接のきっかけは大夏と秋穂が作ったのだ。その事実はもう変えることができない。大夏の心の声が聞こえていたかのように、美桜はオーバーに肩を竦めてみせた。そして大夏に言った。

「ねえ。彼女をとっても元気にできる魔法を見つけたって言ったら、大夏、興味ない？」

「え？」

「彼女に電話をかけて、私の言う通りに魔法の呪文を唱えるの。そしたら大夏、あなた、秋穂ちゃんにもう一度会えるわよ」

「え？」

大夏は、まだ秋穂のことが好きだった。

可能ならもう一度会いたい。そうずっと思っていた。

それに、いざというとき美桜ほど頼りになる人間はいないとも思っていた。それで彼女の書いた台本の通り……一言一句その通りに秋穂を誘ったのだった。

『秋穂ちゃん。俺、何もかもわかっちゃったんだ』

と言う。そして彼女が何を訊いてきてもそれには答えず、この言葉だけを繰り返す。

『まだこのことは誰にも話していない。最初に君に話したいんだ。そしてプレゼントを渡したい。「ツバサ」だよ。俺は秋穂ちゃんにツバサの秘密をプレゼントしたいんだ』

まったく意味がわからなかった。

でも、意味は知らないほうが良いと美桜に押し切られた。

秋穂に留守電を残すと、信じられないことに折り返し電話が来た。

「本当に、まだ誰にも話してないの？　信じて良いの？」

そう聞かれたので力強く答えた。

「うん。秋穂ちゃんに最初に話したいと思って。だからまだ誰にも話していない」

「ツバサの秘密って何？」

「だから、それは会って話すよ。でも信じてほしい。俺は見つけたんだ。ついに見つけたんだ」

緒賀の話を聞いて、ようやく大夏にも理解ができた。

秋穂は大夏が事件の真相を知ったのだと誤解したのだ。そして紙袋の中にあった何かを見て、言い逃れはできないと観念した。もう言い逃れはできない。弟を守るためには大夏の口を塞ぐしかない。そう考えたのだ。

『ごめん。君のこと見くびってた』

だからあのとき、彼女は少し悲しそうだったのだ。

『ありがとうはおかしいよ。だって、私が君を見直すってことは、イコール、これから君を酷い目に遭わせるってことでもあるんだよ？　本当はそうならないでほしいと思っていたのに。どうして君はここまで頑張ってしまったんだろう』

☆

「あの紙袋のこと、緒賀さんは私のアイデアだと思ってるみたいですけど、あれ、本当は先生のアイデアですよね」

三本目の煙草を吸い切り、その燃えカスを美桜は携帯型の灰皿に入れた。

「大したアイデアじゃないですよ。ただ、彼女のデータと、彼女が変身したがっていた『都羽紗』という男の子の絵を見比べたら、どうしても身長が足りなくなると気づいただけです」

「だから、シークレット・ブーツ」

「そう。父親が女性たちに媚びるためのシークレット・ブーツを勝手に拝借して、理人くんに加工させてしまう。彼女は父親が嫌いだったわけだから、父親の靴を勝手に加工することなんてなんとも思ってなかったでしょうね」

「では、なぜ二足もなくなったのか？」

「一足は事件現場に佐野享吾さんを疑わせるための足跡をつけるためですよね。同じ種類の靴とは言え、靴は一足一足、裏の模様の減り方が異なります。理人くんが加工した靴を使うのは万が一の場合を考えたら嫌だったのでしょう」

「佐野あすかちゃんの家に理人くんの加工した靴が置きっぱなしだったほうが、本当は疑われずにすんだのでしょうね」

「そうですね」

「マントに隠れて裾しか見えないズボンはそのままにしておいたのに、理人くんが加工したベストやブーツは持ち去ってしまった。少しでも弟くんの安全を図りたかったという気持ちはわかりますけれどね」

「そうなんです。哀しいことに、気持ちはわかるんですよ……」

☆

「話は以上だ。俺はこれから署に戻るから、君は念のため一晩入院して、明日の朝、再検査を受けてくれ。じゃ」

そう言って緒賀は病室から出ていこうとした。

「あの！」

大声で大夏は彼を呼び止めた。

「あの……あの紙袋の中にはいったい何が入っていたんですか？」

ドアの手前で振り返ると緒賀はじっと大夏の目を見た。そして冷たく言った。

「何もかも人に頼るばっかりじゃなく、たまにはきちんと自分の頭で考えたらどうだ？」

「え？」

「君のお姉さんは素晴らしい人だ。そもそも、彼女はもともとはこの事件に何の関係もなかったのに、認知症の母親を捨てて家出をしたクソッタレな弟のために、真犯人を見つけようとここまで頑張った」

「俺のため？」

「他の誰のためだって言うんだ。彼女は君のために、裏社会の人間とも渡り合い、殺人犯とも渡り合った。それは全部、何もかも放り出して引きこもりになったクソッタレな弟を立ち直らせるためだと俺は思ったけどね」

そう言うと、緒賀は自分のバッグから大きなアルミ製の缶を取り出し、それを大夏の足を覆っている掛け布団の上に投げた。

「な、なんですか、これ？」

手に取って見てみる。

それは塗料の入った缶だった。

「そいつを塗ると、光の当たり方によって黒にも見えるし深く美しい緑色にも見えるんだそうだ。なんだか人間のことみたいだと思わないか？」

「はい？」

「真っ黒と言えば真っ黒でもある。でも、見方を変えれば美しい人の心のように見えることもある。ふたりのやったことは間違いだが、姉は弟を守ろうとしたんだ」

「……」

それだけ言うと、緒賀は今度こそ部屋から出ていった。

この塗料缶が、なぜ秋穂を観念させるプレゼントになりえたのか、大夏にはその時点ではまだわからなかった。

ただ、わからないなりに、ずっと緒賀の言葉を繰り返し思い返した。

「そいつを塗ると、光の当たり方によって黒にも見えるし深く美しい緑色にも見えるんだそうだ。なんだか人間のことみたいだと思わないか？」

「真っ黒と言えば真っ黒でもある。でも、見方を変えれば美しい人の心のように見えることもある。ふたりのやったことは間違いだが、姉は弟を守ろうとしたんだ」

今、加納秋穂はどこにいるのだろう。

警察だろうか。大夏も何度か入れられたあの取調室だろうか。
そこで今何を話しているのだろうか。
そして美桜は。
美桜はどこにいるのだろう。
今すぐ美桜に会わなければ。会って、とにかく話をしなければ。そう大夏は思った。
体はまだフラついていたが、大夏は気合いでベッドから降りた。
そして一歩、また一歩と、前に向かって歩き始めた。

# あとがき

二〇二一年の六月に、私が監督をした「ブルーヘブンを君に」という映画が、(もともとの予定より一年遅れではあるが) 全国公開される。

と、思う。

「と、思う」などという中途半端な書き方になっているのは、この「あとがき」を書いているのがまだ二〇二一年の五月であることと、東京都が「劇場はキャパ五十パーセントで営業してもいいが映画館は休業するように」という奇怪な「要請」を繰り出していて、エンターテインメント業界はまさに「一寸先は闇」としか言いようがない状況であるからだ。この件について言いたいことはごまんとあるが、それはまた別の機会に取っておくことにする。

「ブルーヘブンを君に」は、「地方創生」を制作理念にした映画だ。

私はほぼ毎月、地元愛溢れる製作委員会や映画スポンサーの皆さまと、名古屋駅前での会議が終われば栄で旨い酒を飲み、岐阜で打ち合わせをしたあとは柳ヶ瀬で旨い酒を飲み、さらに長良川温泉・十八楼の赤褐色の湯にともに入ってこれからのエンタメと地方創生について裸で熱く語り合った。そのうち「映画だけではなく、小説でも地方創生はできるのではないか」というアイデアが生まれ、「せっかくの新企画なら新聞や雑誌ではなく地元の皆さんの生活にもっとも根付いたフリーマガジンに連載するのが面白いのではないか」という話になり、「面白そうだ！　やろうやろう！」とガンガンに盛り上がって生まれたのがこの『女子大小路の名探偵』である。

一年間連載をし、その後、大幅に加筆をして単行本にする。

一年の連載の間、私は女子大小路と柳ヶ瀬でとことん飲み歩いて作品のリアリティを深める。

そういう企画だった。

残念なことに、連載の開始とほぼ同時に新型コロナウイルスの感染拡大が始まり、緊急事態宣言なるものが発出され、東京から女子大小路や柳ヶ瀬に大っぴらに通うことは難しくなった。しかし、現地を知らずに小説は書けない。なので、こそこそと通った。時短や休業のお知らせをいただくたびに胸が痛くなった。この小説を読んで、

「女子大小路、楽しそうだな」

「一度は柳ヶ瀬で飲んでみたいな」

「長良川温泉で、風情ある鵜舟を眺めながら湯に浸かるのも楽しそうだ」

と思っていただけたら嬉しい。今すぐは難しくても、新型コロナウイルスの蔓延が収束したら、ぜひ足を運んでいただきたい。本当に素敵なところなのです。私も引き続き、女子大小路と柳ヶ瀬と長良川温泉に通います。どこかのお店で私を見かけたら、どうか声をかけてください。そのときは必ず私が一杯おごります。

最後になりますが、小説連載へのスポンサードを快諾してくださった奥長良川名水さん、株

式会社中村さん、岐阜ダイハツ販売さん、十八楼さん、そして栄東女子大小路ビル協会の皆さんに心より感謝申し上げます。皆さんなくしてこの企画は進みませんでした。本当に、ありがとうございました。

秦建日子

本書は、二〇二〇年三月より一年間、中広が発行する、ハッピーメディア地域みっちゃく生活情報誌®『NAGOYA FURIMO』『GiFUTO』『たんとんくらぶ』にて連載された原稿に、大幅な加筆修正を施し書籍化したものです。

著者略歴

## 秦 建日子（はた・たけひこ）

小説家・脚本家・演出家・映画監督。1968年生まれ。1997年より専業の作家活動。2004年『推理小説』で小説家デビュー。同作は〈刑事 雪平夏見〉シリーズとして続編とともにベストセラーとなり、『アンフェア』としてドラマ&映画化。他著書に『ダーティ・ママ!』『らん』『殺人初心者』『KUHANA!』『サイレント・トーキョー And so this is Xmas』など。脚本に、テレビドラマ『天体観測』『ドラゴン桜』『ダンダリン』『そして、誰もいなくなった』『特命刑事 カクホの女』など多数。脚本&監督作品に『クハナ!』『キスできる餃子』『ブルーヘブンを君に』。作・演出を手掛けた舞台に『らん』『方舟』シリーズなど。


## 女子《じょし》大《だい》小路《こうじ》の名探偵《めいたんてい》

2021年9月20日　初版印刷
2021年9月30日　初版発行

［著者］　秦建日子
［発行者］　小野寺優
［発行所］　株式会社河出書房新社
〒151-0051　東京都渋谷区千駄ヶ谷2-32-2
電話03-3404-1201（営業）　03-3404-8611（編集）
https://www.kawade.co.jp/
［執筆協力］　服部いく子
［装画］　スドウ創太
［デザイン］　野条友史（BALCOLONY.）
［組版］　株式会社キャップス
［印刷・製本］　図書印刷株式会社





ISBN978-4-309-02982-5　Printed in Japan